AF639811

DIESES BUCH GEHÖRT:

Die drei !!!

Die drei !!!

Betrug beim Casting

Henriette Wich

KOSMOS

Umschlagillustration von Ina Biber, Gilching
Umschlaggestaltung von Sabine Reddig

Unser gesamtes lieferbares Programm und viele weitere Informationen zu unseren Büchern, Spielen, Experimentierkästen, Aktivitäten, Autorinnen und Autoren findest du unter **kosmos.de**

Weitere Bände dieser Reihe siehe Seite 160

MIX
Papier | Fördert gute Waldnutzung
FSC® C083411
FSC www.fsc.org

Gedruckt auf Cradle to Cradle Certified™ Munken Papier

Leicht veränderte Neuausgabe

ISBN 978-3-440-17716-7
Redaktion: Nadja Fendrich, Jana Vorderwülbecke
Produktion: DOPPELPUNKT, Stuttgart
Druck und Bindung: CPI books GmbH, Leck
Printed in Germany / Imprimé en Allemagne

Betrug beim Casting

Mord im Wohnzimmer

Marie drückte den letzten Rest aus der Tube mit Lebensmittelfarbe und beugte sich konzentriert über die Kuchenplatte. Nur noch ein Ausrufezeichen, dann hatte sie es geschafft. Da klingelte es Sturm an der Wohnungstür.

»Mist!«, schimpfte sie. Das Ausrufezeichen war total verrutscht. Marie pfefferte die Tube in die Ecke und lief zur Tür. Draußen standen Kim und Franzi. »Könnt ihr nicht einfach wie normale Menschen klingeln?«, begrüßte sie ihre Freundinnen vom Detektivclub, mit denen sie sich zu einem Krimi-Filmabend verabredet hatte.

»Was ist denn mit dir los?«, fragte Kim besorgt. »Geht's dir nicht gut?«

Franzi zeigte kichernd auf einen Klecks roter Farbe auf Maries Nase. »Haben wir dich beim Schminken gestört?«

»Nein«, sagte Marie und rieb sich die Nase. »Das hab ich schon heute Morgen erledigt. Ich hab für euch geschuftet.« Kim und Franzi folgten ihr in die Küche.

»Wow, du hast Muffins für uns gebacken!«, rief Franzi überrascht. »Wie hast du das denn geschafft neben den Gesangsstunden, den Theaterproben und deinem Musical-Dance-Kurs?«

Marie zwinkerte ihren Freundinnen zu. »Ich kann mich klonen, wusstet ihr das nicht?«

Kim und Franzi lachten. »Die Muffins sehen jedenfalls super aus«, sagte Kim. »Und du hast extra überall drei Ausrufezeichen draufgespritzt.«

Marie nickte. »Klar, schließlich haben die drei !!! was zu feiern. Vier Wochen gibt es unseren Detektivclub jetzt schon. Ehrlich gesagt, hab ich die Muffins gekauft. Nur die Glasur hab ich selbst gemacht.«

Franzi konnte sich ein Grinsen nicht verkneifen. »Super Idee, wenn es mal schnell gehen muss. Das merke ich mir.« Sie sah Marie zu, die rasch noch die Arbeitsfläche mit einem feuchten Tuch abwischte, und fragte: »Kann ich was helfen?«

»Ja«, sagte Marie. »Bring die Muffins schon mal rüber ins Wohnzimmer. Was wollt ihr trinken?«

»Cola!«, riefen Kim und Franzi wie aus einem Mund.

»Alles klar«, sagte Marie.

Kurz darauf saßen sie auf dem riesigen Sofa im Wohnzimmer und ließen sich die Muffins schmecken.

Kim leckte sich die Lippen. »Hmm, sehr lecker gebacken!«

Marie grinste. »Finde ich auch.«

Kim ließ die Schokostückchen der Muffins auf der Zunge zergehen. Bei Schokolade konnte sie selten widerstehen, die war eine gute Nervennahrung, wenn Kim gerade ein kniffliges

detektivisches Problem löste oder an einer Krimigeschichte schrieb.
Franzi sah sich inzwischen bewundernd im Wohnzimmer um. Neben dem Sofa stand ein schwarzer Flügel und auf dem glänzenden Parkett lagen wunderschöne Orientteppiche. Marie hatte es echt gut. Ihr Vater verdiente als Schauspieler so viel, dass er sich eine sündhaft teure Altbauwohnung im nobelsten Viertel der Stadt leisten konnte. Am besten fand Franzi den Swimmingpool auf dem Dach und den Fitnessraum mit Sauna im Keller. Und es musste aufregend sein, einen Schauspieler als Vater zu haben. Helmut Grevenbroich spielte nämlich den Hauptkommissar Brockmeier in der *Vorstadtwache,* und Franzi ließ sich keine einzige Folge der spannenden Krimiserie entgehen.
Da hob Marie ihr Colaglas. »Lasst uns endlich anstoßen. Auf die drei !!! und auf viele neue, spannende Fälle!«
»Auf die drei !!!«, riefen Kim und Franzi.
Dann stand Marie auf und ging zum Fernseher. »Wollt ihr streamen oder lieber eine DVD aus der Sammlung meines Vaters aussuchen?«
Kim warf einen Blick auf das Regal, das vom Boden bis zur Decke mit DVDs gefüllt war. »Dein Vater hat noch DVDs? Cool!«
Marie lächelte. »Papa würde seine Krimi-Sammlung niemals aufgeben.«
»Ja, lass uns eine DVD anschauen«, schlug Franzi vor.
»Und welchen Krimi wollt ihr sehen?«, fragte Marie. »Ein paar Folgen der *Vorstadtwache* oder was anderes?«

»*Mord im Orientexpress*«, sagte Kim wie aus der Pistole geschossen.

Franzi lachte. »Das war ja klar. Damit hat alles angefangen. Wisst ihr noch, wie wir uns das erste Mal im *Café Lomo* getroffen haben? Kim, du mit deinem Buch *Mord im Orientexpress* als Erkennungszeichen in der Hand und ich mit *Tim und Struppi*?«

»Natürlich«, sagte Kim. Sie konnte sich noch an jede Einzelheit erinnern. Wie aufgeregt sie gewesen war! Sie hatte auf der Homepage des Jugendzentrums eine Anzeige aufgegeben und Krimifans für einen Detektivclub gesucht. Franzi und Marie waren die einzigen ernsthaften Kandidatinnen gewesen, mit denen sie schließlich ein Treffen vereinbart hatte.

»Damals wollte ich gleich wieder gehen«, sagte Marie und drehte sich grinsend zu Franzi um. »Ich dachte, ihr sitzt nur herum, quatscht und wartet darauf, dass zufällig ein Verbrecher um die Ecke spaziert.«

Franzi verzog das Gesicht. »Und ich dachte, mit dem Star vom Heinrich-Heine-Gymnasium will ich nichts zu tun haben. Du warst schon sehr cool mit deiner Sonnenbrille, hast uns mit Fremdwörtern beeindruckt und gleich von deinem berühmten Daddy erzählt.«

»Tja, ohne mich säßen wir jetzt gar nicht hier«, sagte Kim und schob sich genüsslich ihren zweiten Muffin in den Mund. »Wenn ich nicht zwischen euch vermittelt hätte, hättet ihr nie festgestellt, dass ihr euch doch ganz gut leiden könnt, und wir hätten nie unseren ersten Fall gelöst.«

»Das stimmt«, sagte Marie. »Ohne dich läuft hier gar nichts.«
Franzi nickte. »Du bist der Kopf der drei !!!.«
Kim wurde rot. »Übertreibt mal nicht.« Sie stand nicht gerne im Mittelpunkt.
»Ach übrigens«, sagte Marie, »du hast doch bestimmt Kontakt zu Michi. Wie geht es ihm denn?«
»Gut«, sagte Kim und wurde schon wieder rot.
Bei ihrem letzten Fall hatten die drei !!! Michi Millbrandt kennengelernt und Kim hatte sich in ihn verknallt. Zum Glück lenkte Franzi von dem heiklen Thema ab. Sie packte Kim am Arm. »Das Beste muss ich euch noch erzählen! Ich hab meine Eltern gefragt, ob wir den alten Pferdeschuppen bei uns hinterm Haus benutzen dürfen, und sie haben nichts dagegen!«
»Toll!«, rief Kim.
»Super!«, sagte Marie. »Du hast aber deinen Eltern hoffentlich nicht verraten, wozu wir den Schuppen brauchen?«
Franzi tippte sich an die Stirn. »Natürlich nicht. Ich hab kein Wort davon gesagt, dass wir dort das Hauptquartier für unseren Detektivclub einrichten. Stattdessen hab ich erzählt, dass wir jetzt total gut befreundet sind und einen Raum brauchen, in den wir uns zurückziehen können.«
»Das ist ja nicht mal gelogen«, sagte Kim, die am liebsten ehrlich war und niemandem etwas vormachen wollte.
»Wie groß ist der Schuppen eigentlich?«, fragte Marie.
Franzi sah sich noch mal im Wohnzimmer um. »Hm, bestimmt halb so groß wie der Raum hier.«
»Dann können wir uns ja so richtig ausbreiten«, sagte Kim.

Franzi nickte. »Ja, aber erst, wenn wir das ganze Gerümpel rausgeräumt haben. Der Schuppen ist randvoll mit alten Möbeln und Brettern. Die können wir bestimmt noch teilweise gebrauchen. Ach ja, und in einer Ecke steht auch noch eine alte Pferdekutsche. Die könnten wir drinlassen und neu anstreichen. Dann hätten wir noch eine weitere Rückzugsmöglichkeit, wenn wir mal ganz geheime Dinge besprechen wollen.«

»Eine Pferdekutsche?«, rief Marie erstaunt. Sie wusste, dass Franzi leidenschaftlich gerne ritt, aber von einer Kutsche hatte ihre Freundin bisher noch nichts erzählt. Marie konnte mit Pferden nicht viel anfangen, und manchmal fand sie es langweilig, wenn Franzi von ihrem Pony Tinka schwärmte. Denn wenn Franzi erst einmal davon anfing, was sie bei ihrem letzten Ausritt alles Spannendes erlebt hatte, hörte sie meistens so schnell nicht mehr auf.

»Warum nicht?«, entgegnete Franzi.

Marie dachte kurz nach. »Du hast recht, Franzi, eine Kutsche ist gar nicht schlecht, vielleicht gibt es da ja ein Geheimfach unter dem Sitz, wo wir wichtiges Beweismaterial verstecken können.«

»Super, das mit der Kutsche«, fand auch Kim. »Dann haben wir eine geheime Zentrale wie die drei ??? auf dem Schrottplatz.«

»Noch ist es nicht so weit«, sagte Franzi. »Ich warne euch, das wird echt viel Arbeit. Da brauchen wir schon ein paar Tage dafür. Hoffentlich schaffen wir das überhaupt alleine mit dem Ausmisten.«

»Wir können Michi ja fragen, ob er uns hilft«, schlug Kim möglichst beiläufig vor.

»Gute Idee«, sagte Franzi.

Plötzlich leuchteten Maries Augen auf. »Und dein großer Bruder könnte uns auch helfen, Franzi! Stefan hat doch ein Auto. Damit kann er für uns die Sachen zum Wertstoffhof fahren.«

Seit Marie Franzis Bruder kennengelernt hatte, dachte sie irgendwie oft an ihn. Er war schon achtzehn und natürlich viel zu alt für sie, aber Marie fand ihn ziemlich nett.

»Ich werde ihn fragen«, sagte Franzi. »Trotzdem muss jeder mit anpacken. Das wird kein Spaziergang.«

»Kein Problem, ich bin dabei«, sagte Marie, legte die DVD ins Laufwerk und griff zur Fernbedienung. »Aber jetzt entspannen wir uns!«

Die nächsten eineinhalb Stunden starrten sie gebannt auf den großen Flachbildschirm. Der Klassiker von Agatha Christie war einfach superspannend. Auch wenn die drei !!! natürlich schon vorher wussten, wie die Geschichte ausging. Selbst beim Abspann schwiegen sie und waren alle noch ganz gefangen in der düsteren Krimi-Atmosphäre.

Schließlich räusperte sich Marie. »Es kommt mir vor, als wäre der Mord hier im Wohnzimmer passiert.«

Kim und Franzi nickten und spürten, wie ihnen eiskalte Schauer den Rücken hinunterliefen. Dann lachten sie schnell, um die gruselige Stimmung zu vertreiben.

»Wir bräuchten wieder einen neuen Fall«, seufzte Franzi. »Es muss ja nicht gleich ein Mord sein.«

»Ja«, stimmte Kim zu. »Ich könnte auch wieder neuen Stoff für meine Krimigeschichte gebrauchen.«
»Was ist eigentlich mit dem Schreibwettbewerb?«, fragte Marie. »Hast du schon was vom Jugendzentrum gehört?«
Kim nickte. »Ja, die haben mir einen Brief geschickt, drei Tage nachdem ich meine Krimigeschichte abgegeben hatte. Ich hab leider nicht gewonnen. Die Geschichte war zu lang für den Wettbewerb, aber die meinten, ich soll sie ausbauen und die Figuren noch stärker entwickeln. Vielleicht wird ja sogar ein richtig großer Kriminalroman daraus.«
»Du bekommst das bestimmt hin«, sagte Franzi. »Ich könnte so was ja nie.«
»Ich auch nicht«, gab Marie zu. »Aber falls dein Krimi verfilmt wird, würde ich gern die Hauptrolle übernehmen.«
Kim lachte. »Geht klar.«
»Und was machen wir jetzt?«, fragte Franzi, während sie die Muskeln ihrer Beine dehnte, die vom gestrigen Skaten noch etwas verspannt waren.
Marie stellte den Fernseher an. »Wir könnten noch ein bisschen bei *Afternoon* reinschauen. Die bringen immer ganz gute Videoclips, Interviews, Girlpower-Tipps und so.«
»Jetzt wird mir einiges klar«, sagte Franzi. »Deshalb kommst du bei allen gut an und hast so viele Fans an deiner Schule!«
»Pass auf, gleich hole ich wieder meine coole Sonnenbrille raus, wie bei unserem allerersten Treffen«, verkündete Marie. »Nein, Spaß!« Dann suchte sie den Sender.
Es lief gerade der Videoclip einer neuen Band. Nach dem Song

verkündete die Moderatorin Sue: »Heute habe ich noch ein super Event für euch. *Afternoon* sucht eine Nachwuchs-Band, die regelmäßig bei uns im Studio auftreten soll. Die Band wird aus vier Mitgliedern bestehen. Dazu veranstalten wir in den nächsten Wochen ein Casting in verschiedenen Städten. Alle Jugendlichen ab vierzehn Jahren können mitmachen, aber ihr braucht die Einverständniserklärung der Eltern. Die Details und Anmeldebedingungen findet ihr auf unserer Website.«

Marie stieß einen spitzen Schrei aus. »Ein Casting!«

Franzi und Kim sahen sich verständnislos an.

»Na und?«, sagte Kim. »Es kommen doch ständig irgendwelche Castingshows.«

»Ja, aber die sind oft erst ab sechzehn und dieses Casting ist auch in unserer Stadt!«, sagte Marie aufgeregt. »Da kann man schon ab vierzehn mitmachen. Und ich *bin* vierzehn!«

Jetzt hatte Franzi verstanden. »Sag bloß, du willst da mitmachen?«

Marie lächelte glücklich und nickte.

»Hm, warum eigentlich nicht?«, sagte Kim. »Du kannst super singen und hast eine tolle Ausstrahlung. Du hast sicher gute Chancen.«

»Meinst du?« Marie sprang auf, griff nach einem Muffin und hielt ihn sich als Mikrofon vor den Mund. *»I'm good the way I am. I like myself. I'm beautiful. Look at me, I'm perfect!«*

Kim und Franzi schwiegen nach dieser spontanen Showeinlage verblüfft.

Dann fing Kim an zu klatschen. »Wow, das war toll!«

»Nicht schlecht«, sagte Franzi und pfiff durch die Zähne.
Marie tigerte aufgeregt durchs Wohnzimmer. »Hoffentlich ist Papa einverstanden. Er muss einfach Ja sagen. Wie bringe ich ihm das am besten bei? Oh! Ich muss sofort ins Internet und mir die Formulare runterladen. Und dann rufe ich meine Gesangslehrerin an. Ich brauche doppelt so viele Stunden. Dafür lasse ich die Theater-AG erst mal sausen ...«
»Hey!«, rief Franzi. »Komm mal wieder runter!«
»Geht das nicht alles ein bisschen schnell?«, warf Kim ein. »Überleg dir lieber alles noch mal in Ruhe. So ein Casting ist der Megastress.«
Marie sah ihre Freundinnen an, als wären sie zwei Bankräuber, die plötzlich aus dem Nichts auftauchten. »Sorry?«
Franzi seufzte. »Weißt du noch, wer wir sind? Franzi Winkler? Kim Jülich? *Die drei !!!*, Detektivclub?«
»Klar weiß ich das«, sagte Marie, war aber mit den Gedanken weit weg. »Würde es euch was ausmachen, wenn ihr jetzt geht? Ich hab noch so viel zu tun.«
Kim runzelte die Stirn. Marie war total im Castingfieber. Hoffentlich ging das nicht so weiter, sonst konnten sie ihren Detektivclub glatt vergessen. »Wir müssen noch einen Termin ausmachen«, sagte sie, um Marie wieder in die Realität zurückzuholen. »Wann fangen wir an, den Pferdeschuppen auszumisten? Der nächste Fall kommt vielleicht schneller, als wir denken, und dann brauchen wir unser Hauptquartier.«
»Wie wär's am Samstag um drei Uhr?«, schlug Franzi vor. »Da ist Stefan auch zu Hause.«

Zum ersten Mal schien Marie wieder richtig zuzuhören. »Am Samstag um drei? Klar komme ich da!«

Das neue Hauptquartier

Marie trat in die Pedale ihres Fahrrads und summte dabei einen Song über einen Tag, der erst mies anfing und dann doch noch richtig schön wurde, einfach »magic«. Der englischsprachige Titel war perfekt für die erste Vorrunde des Castings. Im Gesangsunterricht hatte sie ihn auch schon oft geprobt. Oder sollte sie besser ihr Lieblingslied mit deutschem Text nehmen, in dem es darum ging, das Leben in vollen Zügen zu genießen? Oder was sie auch toll fand: diesen neuen australischen Song über Freundschaft.

Vor lauter Singen hätte Marie beinahe die Abzweigung zu Franzi verpasst. Im letzten Moment bog sie beim Wegweiser *Tierarztpraxis Dr. Karl Winkler* in den Schotterweg ein. Sie nahm die Hände vom Lenker und sah hinauf zu den alten Laubbäumen. Die Sonne hatte noch Kraft, obwohl es schon Anfang November war, und brachte die orange und rot gefärbten Blätter zum Leuchten. Marie sang noch lauter. Da tauchte auch schon das Haus auf, in dem Franzi wohnte. Die roten Backsteine des Gebäudes schimmerten unter einer dichten Schicht

Efeu hervor. Diesmal war Marie die halbstündige Fahrt total kurz vorgekommen. Fröhlich pfeifend stieg sie vom Rad und schob es hinüber zum alten Pferdeschuppen rechts hinter dem Haus.

Als sie ihr Fahrrad abstellte, stieß sie mit Franzi zusammen. Die schleppte gerade eine Matratze ins Freie. Keuchend warf sie diese auf den Boden und wischte sich den Schweiß von der Stirn.

»Gut, dass du endlich da bist, wir brauchen deine Girlpower!«

Kim kam mit einem kleinen Regal unter dem Arm aus dem Schuppen. »Mensch, Marie! Du kommst viel zu spät. Wir hatten doch drei Uhr ausgemacht, und jetzt ist es vier.«

»Hattest du unseren Termin etwa vergessen?«, fragte Franzi.

Marie biss sich auf die Lippe. »Nein! Ich hatte noch Gesangsstunde. Es tut mir leid, ich konnte nicht eher weg, ihr wisst doch, das Casting ...«

Franzi seufzte. »Das Casting, klar. Ich versteh ja, dass es dir echt wichtig ist, aber unser Detektivclub ist auch wichtig. Ich dachte, du freust dich darauf, mit Kim und mir das Hauptquartier für unseren Detektivclub einzurichten.« Franzi konnte ihre Enttäuschung nicht verbergen.

»Klar freue ich mich!«, rief Marie. »Die drei !!! sind super. Ich hab doch schon gesagt, dass es mir leidtut. Dafür bringe ich das nächste Mal Visitenkarten für unseren Detektivclub mit. Ich hab schon am Computer verschiedene Varianten des Logos ausprobiert. Und Papa lässt die Karten für mich drucken.«

Franzi war nicht nachtragend. »Echt?«, fragte sie. »Da bin ich ja gespannt!«

»Und ich erst«, sagte Kim. »Falls du Hilfe brauchst, ein Anruf genügt! Ich kenne mich ganz gut aus mit Grafikprogrammen.«
Marie nickte. »Danke.« Dann krempelte sie die Ärmel ihres Pullis hoch. »Also, was kann ich tun?«
Kim und Franzi zeigten ihr den Schuppen. Obwohl sie schon einen Teil des Gerümpels sortiert hatten – für den Flohmarkt, den Wertstoffhof und fürs Hauptquartier –, sah es immer noch ziemlich chaotisch aus. An der linken Wand stand die Kutsche, die früher mal blau gewesen sein musste. Davor türmten sich alte Stühle, kaputte Elektrogeräte, Sessel, Zeitungen und Kleider unter einer dicken Schicht Staub und Spinnweben.
Plötzlich wurde der Staub aufgewirbelt und eine gebückte Gestalt mit einem großen Sessel auf den Schultern bewegte sich auf Marie zu.
Erst nach ein paar Sekunden erkannte sie, wer sich hinter der Staubwolke verbarg. »Hallo, Michi!«, begrüßte sie den Freund.
»Hallo, Marie!«, antwortete Michi. »Gehst du mal aus dem Weg? Das Ding hier ist verdammt schwer.«
Schnell sprang Marie zur Seite. Dann sah sie sich im Schuppen um und seufzte. Ausmisten hatte noch nie zu ihren Lieblingsbeschäftigungen gehört. »Wo ist denn Stefan?«, fragte sie.
Franzi zeigte zur Garage. »Mein Bruder bastelt noch an seinem alten Opel herum und versucht, ihn startklar zu machen. Der Vergaser spinnt mal wieder.«
»Meinst du, er braucht Hilfe?«, fragte Marie hoffnungsvoll.
»Nein!«, rief Franzi lachend. »*Wir* brauchen Hilfe. Los, pack bitte mit an!«

Marie rieb sich die Hände. »Bin schon dabei.« Sie holte dicke Gartenhandschuhe aus ihrem Rucksack und schnappte sich einen kleinen Hocker, der nicht allzu schwer aussah.

»Sachen aus Holz kommen da auf den Stapel«, sagte Kim, als Marie mit dem Hocker herauskam. »Ich hab mir aus dem Internet die Seite des Wertstoffhofs ausgedruckt. Da stand genau, welche Abfälle angenommen werden und wie man sie trennen muss.«

»Alles klar«, sagte Marie.

Zwei Stunden lang schufteten die drei !!! mit Michi, ohne sich zu unterhalten. Die Arbeit war einfach zu anstrengend.

»Ich kann nicht mehr!«, stöhnte Marie schließlich und ließ sich auf eine Matratze fallen.

Franzi stieß ihr in die Rippen. »He, keine Müdigkeit vorschützen!«

Sofort sprang Marie auf, streckte ihren Körper und strahlte. Verwundert riss Franzi die Augen auf, doch dann merkte sie, warum Marie auf einmal wie ausgewechselt war. Stefan kam von der Garage herüber, die Hände lässig in den viel zu weiten Hosen vergraben. Seine rötlich braunen Haare waren noch verstrubbelter als sonst und um seinen Mund spielte ein charmantes Lächeln.

»Hi, Mädels!«, begrüßte er sie.

Marie zog ihre Gartenhandschuhe aus und winkte Franzis Bruder zu. »Hi, Stefan!«

»Das sieht ja richtig profimäßig aus«, sagte Stefan, während er die säuberlich getrennten Haufen musterte. »Mein Opel brummt auch wieder. Dann kann ich ja schon mal die erste Fuhre zum Wertstoffhof fahren.«

»Danke, das ist echt nett von dir.« Marie lächelte. »Soll ich dich begleiten? Zusammen geht es doch auf dem Wertstoffhof viel schneller.«

»Gern«, sagte Stefan.

Marie achtete nicht auf das Grinsen von Franzi und Kim. Kurz darauf hatten sie die ersten Sachen in den Wagen und auf den Dachgepäckträger geladen und Marie stieg fröhlich ein.

»Bis später!«, rief sie und winkte den Freundinnen nach.

»Viel Erfolg!«, wünschte Franzi und streckte den Daumen nach oben.

Stefan drehte das Radio voll auf und sie bretterten zu harten Heavy-Metal-Beats über die Landstraße.

»Ich mache übrigens bei einem Band-Casting mit«, brüllte Marie gegen die Lautstärke des Radios an.

Stefan brüllte zurück: »Toll! Wann kann man dich hören?«

»Weiß ich noch nicht. Ich muss mich erst mal anmelden«, antwortete Marie und bereute es sofort wieder, dass sie davon angefangen hatte. Schließlich war noch gar nichts fix und ihr Vater hatte noch nicht mal zugestimmt.

»Dann viel Glück dabei«, rief Stefan und schwieg.

Den Rest der Fahrt war er nicht besonders gesprächig. Trotzdem genoss Marie, dass sie neben ihm saß. Stefan war echt nett. Nur seine Musikauswahl traf nicht ganz Maries Geschmack, aber das störte sie nicht weiter.

Während Marie mit Stefan zum Wertstoffhof fuhr, arbeiteten Franzi, Kim und Michi tapfer weiter. Kim war schon ziemlich erschöpft, versuchte sich aber vor Michi nichts anmerken zu lassen. Doch als Franzis Mutter mit einem Picknickkorb um die Ecke bog, ließ sie sofort alles liegen und stehen.
»Ich hab mir gedacht, ihr könnt sicher eine Stärkung brauchen«, sagte Frau Winkler und schwenkte fröhlich den Korb. »Da sind Pizzaschnecken drin und Kuchen und Tee.«
»Tausend Dank!«, rief Kim.
»Die Pause haben wir uns aber jetzt echt verdient«, sagte Franzi.
»Wo ist denn Marie?«, fragte Frau Winkler.
»Mit Stefan unterwegs zum Wertstoffhof. Wir fangen schon mal ohne sie mit dem Picknick an, oder?«, schlug Franzi vor. »Es ist so viel, da bleibt genug übrig für die beiden.«
Kim, Franzi und Michi gingen in den Obstgarten und breiteten eine Decke auf dem Gras aus. Alle drei stürzten sich hungrig auf die leckeren Sachen. Michi schmeckte es besonders gut.
»Wie geht es denn deinem Bruder?«, fragte Kim, als der Korb halb leer und alle schon ziemlich satt waren.
Michis Gesicht verdüsterte sich. »Nicht so gut. Frank weiß immer noch nicht, ob er ins Gefängnis muss. Zum Glück hat mein Vater ihm einen guten Anwalt organisiert, der hängt sich richtig rein.«
Kim nickte. »Das ist doch schon mal was«, versuchte sie Michi Mut zu machen.
Frank hatte Schüler abgehört, sie bedroht und erpresst – bis die drei !!! ihn überführt und der Polizei übergeben hatten.

»Hm«, sagte Michi und beugte sich über den Picknickkorb. Das Thema war ihm offenbar unangenehm.
Da steuerte plötzlich ein hinkendes Huhn auf sie zu.
»Darf ich vorstellen?«, sagte Franzi. »Das ist meine Polly.«
Das Huhn schmiegte sich an Franzi und guckte sie erwartungsvoll mit seinen starren Knopfaugen an.
Kim brach ein Stück von ihrer Pizzaschnecke ab. »Mag Polly so was?«
Franzi schüttelte den Kopf. »Gib Polly bitte nichts. Sie bekommt Körnerfutter und sucht sich auf der Wiese auch selbst was zu fressen.«
Als hätte Polly genau zugehört und alles verstanden, pickte sie jetzt eifrig im Gras herum und zog schließlich einen langen Regenwurm heraus, der sich befreien wollte, es aber nicht schaffte.
Kim konnte gar nicht richtig hinsehen, wie Polly den Wurm in ihrem Schnabel festhielt. Franzis Huhn ließ sich den Leckerbissen nicht entgehen.
»Der arme Wurm tut mir schon ein bisschen leid«, gab Franzi zu, »aber so ist es nun mal in der Tierwelt.«
Kim wurde flau im Magen. Schnell drehte sie sich weg, um nicht zusehen zu müssen, was gleich passieren würde.
»Sammelst du für dein Huhn auch manchmal Regenwürmer?«, fragte Michi interessiert.
Franzi schüttelte lachend den Kopf. »Nein, das schafft Polly schon allein!«
Michi wollte noch mehr wissen und bald waren er und Franzi in ein lebhaftes Gespräch über Hühner vertieft.

Kim war sauer, weil sie nicht mitreden konnte und sich viel lieber mit Michi über etwas anderes unterhalten hätte. Ob sie zum Beispiel mal Eis essen gehen könnten oder so.
Kim hatte keine Lust, einfach nur stumm danebenzusitzen. Sie stand auf und lief ein Stück über die Wiese. Es war ein sonniger Nachmittag. Weiße Wolkenstreifen zogen über den kornblumenblauen Himmel. Kim kam zu einem Zaun, der die Pferdekoppel abgrenzte. Ein schwarzes Pony blickte ihr mit sanften, braunen Augen entgegen.
»Du bist bestimmt Tinka«, sagte Kim und streckte vorsichtig die Hand aus.
Das Pony schnaubte und beschnupperte ausgiebig Kims Hand. Das kitzelte. Kim musste lachen. »Du frisst zum Glück keine Würmer!« Als wollte sie es beweisen, senkte Tinka den Kopf und rupfte ein Büschel Gras aus.
»Soll Michi doch ruhig mit Franzi über Hühner quatschen!«, sagte Kim. »Wir genießen hier zusammen den schönen Nachmittag, Tinka!«
Das Pony guckte sie wieder nur mit seinen unergründlichen braunen Augen an.
»Führst du jetzt schon Selbstgespräche?«, fragte Franzi, die auf einmal neben Kim stand.
Kim schüttelte den Kopf. »Nein. Mir war das nur zu viel mit den Würmern.«
»Ist doch nicht schlimm«, sagte Franzi. »Meine Schwester Chrissie ekelt sich auch total davor. Kommst du wieder zu uns? Michi hat schon nach dir gefragt.«

Detektivtagebuch von Kim Jülich
Freitag, 20:13 Uhr

Die Schufterei hat sich gelohnt. Die drei !!! haben endlich ein Hauptquartier! Eine Woche lang haben wir fast jeden Nachmittag den Schuppen ausgemistet. Ich hab einen tierischen Muskelkater in den Armen und überall blaue Flecke, aber das war es wert. Am Schluss haben wir auch noch die Kutsche blau angemalt, mit lauter bunten Ausrufezeichen drauf. Das sieht richtig klasse aus. Der Schuppen ist auch total schön geworden. Franzis Mutter hat uns extra Gardinen genäht, und von den alten Möbeln konnten wir einen Tisch und drei Stühle, die nicht kaputt waren, für uns abzweigen. Und das Beste ist: Franzis Vater hat uns aus seiner Tierarztpraxis einen silbernen Bürocontainer mit ganz vielen Schubladen geschenkt. Die oberste Schublade kann man sogar absperren. Da werden wir jetzt immer unsere geheimen Detektiv-Dokumente aufbewahren.

Das Einzige, was Franzi und mich echt genervt hat, war Maries Unpünktlichkeit. Jedes Mal kam sie zu spät und war irgendwie nicht so richtig bei der Sache, weil sie ganz oft an ihr Casting gedacht hat. Am Anfang hab ich mich ja noch für sie gefreut, vor allem, als ihr Vater ihr erlaubt hat, mitzumachen. Doch langsam geht mir dieses Casting ein bisschen auf die Nerven. Wie soll das denn erst bei unserem nächsten Fall werden? Da brauchen wir von jeder volle Konzentration! Falls wir überhaupt einen an Land ziehen ...

Wir haben ausgemacht, dass jede von uns Augen und Ohren offen hält, falls ihr etwas Verdächtiges in ihrer Umgebung auffällt. Ich hoffe sehr, dass Marie auch wirklich darauf achtet.

Ihr Vater organisiert morgen nämlich mal wieder eine seiner legendären VIP-Partys und Marie darf zum ersten Mal dabei sein. Da kommen jede Menge Schauspieler und Promis. Marie hat uns erzählt, dass es in der Filmbranche anscheinend ständig jede

Menge Intrigen und Betrügereien gibt. Ich bin schon sehr aufgeregt. Ein neuer Fall für die drei !!! in der Welt der Promis, das wäre doch cool! Ich denke da zum Beispiel an einen ständig verschuldeten Schauspieler, der einen Bankraub plant …
Marie hat uns übrigens gestern die Visitenkarten mitgebracht, gleich einen ganzen Stapel. Das Logo ist toll geworden. Marie hat es ganz allein entwickelt. Es hat ihr großen Spaß gemacht, hat sie gesagt, und da hab ich gemerkt, wie wichtig ihr unser Detektivclub ist. Und das ist schließlich die Hauptsache! Und hier kommt das Ergebnis von Maries kreativem Einsatz:

Die drei !!! **Detektivinnen**

Kim Jülich
Franziska Winkler
Marie Grevenbroich

Wir lösen jeden Fall!

Kontakt: siehe Rückseite

Geheimes Tagebuch von Kim Jülich
Freitag, 21:01 Uhr

▸ Warnung: Lesen für Unbefugte (alle außer Kim Jülich) streng verboten! ◂
Heute beginne ich ein neues Tagebuch. Ich brauche einfach ein extra Tagebuch, in das ich meine geheimsten Gefühle hineinschreiben kann. Dieses Tagebuch dürfen nicht mal Marie und Franzi lesen, obwohl ich sonst alles mit ihnen besprechen kann.
Also, das Wichtigste zuerst: Ich hab mich verknallt! Das erste Mal so richtig. Wer es ist? Michi Millbrandt! Schon als ich ihn mir damals für die Personenbeschreibung ein-

geprägt habe, fand ich ihn süß: sechzehn Jahre, mittelgroß, dunkelbraune Haare, Strähnen, die ihm ins Gesicht fallen, jede Menge Sommersprossen auf der Nase. Und dann noch dieses Lächeln! Das löst bei mir jedes Mal ein Kribbeln im Bauch aus.
Heute war ich ganz kurz eifersüchtig auf Franzi, aber eigentlich gab es gar keinen Grund dafür. Sie haben sich einfach nur unterhalten. Und das Gefühl ging auch zum Glück schnell vorbei.
Ob Michi mich auch mag? Das wär so schön!

Überraschung auf der Party

Marie sah zum zwanzigsten Mal innerhalb einer Minute in den Spiegel und zupfte an ihren blonden Haaren, die sie sich heute hochgesteckt hatte. So kamen die silbernen Ohrringe besser zur Geltung, die ihr Vater ihr zusammen mit dem türkisfarbenen Paillettenkleid geschenkt hatte.
Da steckte Herr Grevenbroich den Kopf zur Tür herein.
»Na, bist du fertig? Die ersten Gäste sind schon da. Wow! Du siehst toll aus!«
»Du auch!« Marie zwinkerte ihrem Vater zu. »Ich bin so schrecklich aufgeregt.«
Normalerweise machte es ihr gar nichts aus, mit fremden Leuten zu quatschen, aber so viele Promis wie heute hatte sie noch nie auf einmal getroffen.
»Das wird ein wunderbarer Abend«, sagte ihr Vater. »Das sind alles gute Freunde von mir. Sie freuen sich riesig, dich endlich kennenzulernen.«
Marie hakte sich bei ihm unter. »Okay, von mir aus kann's losgehen!«

Helmut Grevenbroich führte seine Tochter ins Wohnzimmer. Marie spürte die neugierigen Blicke der Gäste. Jetzt bloß nicht mit den Sandaletten umknicken!, dachte sie. Nach den ersten Metern wurde sie sicherer und atmete auf. Geschafft!

»Darf ich vorstellen?«, sagte ihr Vater. »Das ist meine Tochter Marie und das hier ist die neue *Tatort*-Kommissarin.«

Die Schauspielerin lächelte freundlich. »Guten Abend, Marie! Nett, dich kennenzulernen.«

»Hallo«, sagte Marie, weil ihr gerade nicht mehr einfiel.

Doch schon ein paar Minuten später, als sie bereits viele Promi-Hände geschüttelt hatte und alle ganz normal und total nett zu ihr gewesen waren, wurde sie wieder locker.

Ihr Vater brachte ihr ein Glas Orangensaft. Marie nippte daran, ging hinüber zum Bar-Pianisten und lehnte sich gegen den Flügel. Der Pianist spielte weiter und lächelte ihr dabei zu. Marie kam sich richtig cool vor. Unauffällig sah sie sich um. Das Wohnzimmer hatte sich inzwischen gefüllt. Marie lauschte dem angeregten Plaudern und Lachen, ohne wirklich zuzuhören. Alle waren gut gelaunt und entspannt. Doch da blieb Maries Blick an einem Paar hängen, das offensichtlich gar nicht entspannt war – im Gegenteil: Die beiden redeten wild gestikulierend aufeinander ein und schienen sich zu streiten. Besonders der Mann war sauer und wurde langsam laut.

Sofort witterte Marie einen neuen Fall für die drei !!! und prägte sich die beiden Personen gut ein. Der Mann war sehr groß, Mitte dreißig und hatte die langen, schwarzen Haare mit Gel nach hinten gekämmt. Die Frau war jünger, wahrscheinlich

Ende zwanzig, zierlich, hatte dunkelblonde Haare und strahlend blaue Augen mit langen Wimpern.

In dem Moment ging Herr Grevenbroich auf die beiden zu. Anscheinend wollte er dafür sorgen, dass sie nicht die lockere Partystimmung verdarben. Tatsächlich hörten sie auf zu streiten. Herr Grevenbroich klopfte dem Mann auf die Schulter und lotste ihn von der Frau weg hinüber zu Marie.

»Ich hab dir eine Überraschung mitgebracht«, sagte er zu seiner Tochter. »Das ist Michael Martens, der Geschäftsführer des Plattenlabels *Youth*. Michael ist auch in der Jury der Castingshow von *Afternoon*.«

Ungläubig starrte Marie den Mann an. »Sie sind echt in der Jury?«

»Ich lasse euch dann mal allein.« Marie merkte gar nicht, dass ihr Vater wegging.

Michael Martens nickte. »Ja, echt. Dein Vater hat mir erzählt, dass du auch beim Casting mitmachst?«

»Stimmt«, sagte Marie und sprudelte heraus: »Ich hab mich schon angemeldet. Wann bekomme ich denn Bescheid, ob ich vorsingen darf? Und wann geht's los? Muss ich irgendwas mitbringen? Wie viele Runden gibt es bis zur Entscheidung? Und können Sie mir sagen, wie das dann so abläuft?«

Michael Martens lächelte. »Du willst aber viel auf einmal wissen. Zuerst mal: Du kannst Du zu mir sagen, ich heiße Michael. Ja, also, du müsstest bis Montag Bescheid bekommen. Die erste Vorrunde startet schon am Mittwoch. Mitbringen musst du nur Spaß am Singen. Was wolltest du noch wissen? Ach ja, wie viele Castingrunden es gibt. Wir haben uns in der Jury geeinigt, drei Runden bis zur Endausscheidung zu machen. Und was den Ablauf angeht, das kannst du ganz relaxt auf dich zukommen lassen. Das sagen wir dir rechtzeitig, bevor es losgeht.«

Marie speicherte die Infos blitzschnell in ihrem Gehirn ab. Dann fiel ihr etwas ein. »Und wer ist denn eigentlich noch alles in der Jury?«

Michael deutete mit einem Kopfnicken hinüber zu der Frau, mit der er sich vorher gestritten hatte. »Terry ist dabei, die kennst du sicher aus dem Radio, sie moderiert jeden Freitag die Charts. Und die Dritte in der Jury ist Sue von *Afternoon*.«

»Oh, wow!«, sagte Marie. Das war ja ein richtiges Staraufgebot.

Michael trat von einem Bein auf das andere. »Da drüben wartet ein Freund von mir. Ich muss ...«

»Warten Sie ... äh ... warte doch noch!«, hielt Marie ihn zurück. »Kannst du mir ein paar Tipps geben fürs Casting?«

»Tipps?« Michael war auf einmal gar nicht mehr so freundlich. »Was meinst du damit?«

»Na ja«, sagte Marie, »es gibt doch sicher irgendwelche Tricks, mit denen man die Jury beeindrucken kann.«

Da wurde Michael ernst. »Es gibt keine Tricks! Jede Bewerberin und jeder Bewerber hat die gleichen Chancen.«

Marie zuckte zusammen. »Entschuldige! Das hast du falsch verstanden! Ich wollte mich nicht ...«

Aber da war Michael schon weg.

»Mist!«, murmelte Marie. Das hatte sie ja toll hingekriegt.

Jetzt dachte er sicher, dass sie sich bei ihm einschleimen wollte. Dabei war das gar nicht ihre Absicht gewesen. Es war ihr einfach nur so herausgerutscht. Tricks hatte sie sowieso nicht nötig.
Damit war der Abend für Marie gelaufen. Sie machte zwar noch ein bisschen Small Talk mit der *Tatort*-Kommissarin und ein paar Kollegen ihres Vaters, doch der Spaß war ihr vergangen. Deshalb war sie sogar froh, als ihr Vater sie um zwölf ins Bett schickte.
Bevor sie in ihr Zimmer ging, warf sie noch einen letzten Blick zu Michael Martens hinüber, aber der war völlig in ein Gespräch mit dem Bar-Pianisten vertieft, der gerade eine kleine Pause machte. Terry war nirgends zu sehen. Wahrscheinlich hatte sie auch keine Lust mehr auf Party nach dem Streit mit Michael. Warum sich die beiden gestritten hatten? Sie würde es wohl nie erfahren ... Seufzend zog sich Marie in ihr Zimmer zurück und wälzte sich noch lange im Bett herum, bevor sie einschlafen konnte.

Am nächsten Morgen wachte Marie vom Klingelton ihres Handys auf. Kim hatte ihr geschrieben:

Wie war's gestern? Hast du einen neuen Fall für die drei !!!?

Marie beschloss, nichts von ihrem Ausrutscher gegenüber Michael Martens zu erzählen, das war ihr immer noch total peinlich.

Die Party war toll. Ich hab zwei Juryleute vom Casting getroffen. Die haben sich wegen irgendwas gestritten, aber ich glaub nicht, dass das ein neuer Fall wird.

Schade. Bei mir gibt's leider auch nichts Neues. Am Dienstag um fünf Clubtreffen bei Franzi?

Alles klar, schrieb Marie zurück und legte ihr Handy weg.

Am Dienstag in der Schule konnte sich Marie kaum konzentrieren. Unter der Bank tastete sie immer wieder nach dem Brief der Jury. Sie durfte vorsingen, in drei Tagen schon. Und das war kein Traum, es war Wirklichkeit! Am liebsten hätte sie bis dahin die Schule geschwänzt und sich Tag und Nacht auf das Casting vorbereitet, aber das hätte ihr Vater natürlich nie erlaubt. Seufzend sah sich Marie im Klassenzimmer um. Viele ihrer Mitschülerinnen und Mitschüler waren auch im Castingfieber, und die, die nicht mitmachen wollten, tuschelten mit den anderen, um auch ja alle Neuigkeiten zu erfahren. Frau Gernot, die Deutschlehrerin, gab es nach mehreren Versuchen, den Geräuschpegel zu senken, auf und unterrichtete einfach mit lauter Stimme weiter.
Sobald es zur Pause klingelte, stürmten alle ins Freie. Marie wollte gerade zu ihrer Clique, die ihren Stammplatz bei der Bank vor der Sporthalle hatte, da prallte sie mit Ramona zusammen, einem Mädchen aus der Neunten. Ramona kannte jeder an der Schule. Sie war die Leadsängerin der Schülerband

und konnte wahnsinnig gut singen. Sie hatte schwarze, raspelkurze Haare und trug Jeans und Lederjacke.
Ramona schwenkte ein Blatt Papier in der Hand, das prompt auf den Boden flatterte. »Mist!«, rief sie.
Schnell bückte sich Marie danach. »Tut mir leid, ich hab dich nicht kommen sehen.«
Ramona musterte Marie. »Halb so wild.«
Marie warf einen Blick auf das Papier und erkannte sofort das Logo von *Afternoon*. »Du hast dich auch beworben?«
»Klar«, sagte Ramona, »und ich darf vorsingen bei der ersten Runde, am Freitag.«
Marie lachte. »Ich auch!«
»Gratuliere!«, sagte Ramona. »Hast du auch so Schiss vor der Jury? Hoffentlich sind die nicht so hart drauf, wenn sie die Kandidaten kritisieren.«
»Glaub ich kaum«, antwortete Marie. »Michael Martens scheint jedenfalls ganz in Ordnung zu sein.«
»Du kennst Michael Martens?«, fragte Ramona verblüfft.
Marie lächelte. »Ja, ich hab ihn gestern auf der Party meines Vaters getroffen.«
»Cool!«, rief Ramona. »Das musst du mir unbedingt genauer erzählen. Komm!« Sie hakte sich bei Marie unter.
Aus den Augenwinkeln registrierte Marie, dass die Mädchen aus ihrer Clique ihr neugierig hinterherguckten. Ramona war sehr selbstbewusst und schon fünfzehn. Marie genoss es, dass Ramona sich für sie interessierte, und erzählte ihr alles, was sie wissen wollte.

Die Pause verging wie im Flug, und als der Gong ertönte, sagte Ramona: »Hast du Lust, heute Nachmittag zu mir zu kommen? Da können wir weiterquatschen.«
»Heute Nachmittag?« Marie fiel das Clubtreffen ein. Ach was! Die anderen würden auch mal ohne sie zurechtkommen, die drei !!! hatten ja im Moment sowieso keinen Fall.
»Okay«, sagte Marie. »Wo wohnst du? Und wann soll ich da sein?«

Marie war zu früh dran und drehte noch eine Runde um den Block, bevor sie bei Ramona klingelte. Die Sängerin wohnte bei ihr um die Ecke in einem frei stehenden Neubauhaus.
Eine sorgfältig gestylte und geschminkte Frau um die vierzig machte auf. »Hallo, du musst Marie sein. Ich bin Frau Freiberg, Ramonas Mutter.«
»Hallo, Frau Freiberg!«, sagte Marie.
Da kam auch schon Ramona die Treppe herunter. »Hi, Marie!« Sie begrüßte sie so herzlich, als ob sie sich schon ewig kennen würden.
»Komm rein«, sagte Frau Freiberg. »Apfelkuchen?«
Marie nickte. »Gern.«
Ramonas Mutter hatte in der Wohnküche für drei Personen gedeckt. Marie war enttäuscht. Hoffentlich würde die Mutter nicht die ganze Zeit dabei sein. Sie wollte doch ungestört mit Ramona quatschen.
Doch Frau Freiberg machte keinerlei Anstalten, ihre Tochter mit der neuen Freundin allein zu lassen.

»Ich *liebe* deinen Vater!«, fing sie an zu schwärmen. »Natürlich nicht ihn selbst, sondern in seiner Rolle als Hauptkommissar Brockmeier. Er ist einfach genial!«
»Danke«, sagte Marie.
Frau Freiberg lud ihr lächelnd ein Stück Kuchen auf den Teller. »Du hast bestimmt viel von ihm geerbt. Ramona hat erzählt, du nimmst schon länger Gesangsstunden und bist in der Theater-AG?«
»Ja, das stimmt«, sagte Marie und fand Ramonas Mutter auf einmal ganz nett.
Frau Freiberg plauderte weiter: »Du singst auch beim Casting vor? Da wünsche ich dir ganz, ganz viel Glück. Die Konkurrenz ist enorm, aber du hast sicher große Chancen. Und meine Ramona auch.«
»Mama!«, rief Ramona, der es sichtlich peinlich war, von ihrer Mutter gelobt zu werden.
»Das stimmt doch«, beharrte Frau Freiberg. »Du bist gut, Schatz. Seit du sechs bist, hast du ununterbrochen hart an dir gearbeitet, hast Gesangs- und Tanzstunden genommen und mit deiner Band auch schon viel Bühnenerfahrung gesammelt. Von den vier Wochen, die wir dieses Jahr in den Sommerferien zusammen auf dem Solosänger-Coaching in London waren, will ich gar nicht reden.«
Marie blieb der Bissen, den sie gerade genommen hatte, im Hals stecken. So viel hatte Ramona schon gemacht? Da konnte sie wirklich nicht mithalten.
»Hör endlich auf, Mama!«, sagte Ramona. »Marie singt sicher

genauso gut wie ich. Du, stell dir vor, sie kennt übrigens Michael Martens!«
»Wirklich?« Frau Freiberg strahlte Marie an. »Woher kennst du ihn und wo hast du ihn getroffen?«
Marie erzählte noch mal ausführlich von der Party am Samstag. Jetzt, beim zweiten Mal, schmückte sie die Geschichte noch mehr aus und erwähnte natürlich mit keiner einzigen Silbe, dass Michael sie hatte abblitzen lassen.
»Er hat sich total viel Zeit für mich genommen«, sagte sie am Schluss, »und alle meine Fragen geduldig beantwortet.«
Frau Freiberg nickte ihrer Tochter zu. »Hab ich's dir nicht gleich gesagt, Ramona? Dieser Mann ist ein Profi. Nur echte Profis sind so nett und unkompliziert. Wenn du genauso nett und locker zu ihm bist, kann eigentlich gar nichts schiefgehen.«
»Mama ...«, sagte Ramona.
Ihre Mutter wandte sich wieder Marie zu. »Und, hat er dir auch noch ein paar Tipps gegeben, wie du am besten deine Performance machst?«
Marie biss sich auf die Lippen, um nicht rot zu werden.
»Nein, das hat er nicht. Er hat gemeint, alle Bewerberinnen und Bewerber haben die gleichen Chancen.«
»Ach ja?« Um die Lippen von Frau Freiberg spielte ein kleines Lächeln. »Ich denke, das gilt nicht für alle. Ramona – und du natürlich! – ihr habt bessere Chancen.«
»Meinen Sie?«, fragte Marie geschmeichelt. Da fiel ihr plötzlich siedend heiß ein, dass sie vergessen hatte, Kim und Franzi abzusagen. Die beiden waren sicher stinksauer auf sie.

»Ich muss los«, sagte sie und stand auf.
»Bleib doch noch!«, sagte Ramona. »Wir können auch rauf in mein Zimmer gehen.«
Marie zögerte. »Heute geht es leider nicht. Aber ich ruf dich an, okay?«
»Okay«, sagte Ramona. »Und wenn du's nicht tust, ruf ich an. Ich bin hartnäckig, wenn es um neue Freunde geht!«
Marie wurde warm ums Herz. Ramona wollte ihre Freundin sein! Wenn ihr das jemand vor einer Woche erzählt hätte, hätte sie es nie und nimmer für möglich gehalten.

Lampenfieber

»Hier sind wir!«, rief Franzi. Hektisch winkend stand sie am Eingang des Hotels, in dem gleich die erste Runde des Castings stattfinden sollte.

Marie löste sich von Ramona, die sich gerade vor lauter Aufregung an ihren Arm geklammert hatte. »Ich seh euch!«

Kim spürte einen kleinen Stich in der Brust. Seit Marie Ramona kennengelernt hatte, schwärmte sie ständig von der neuen Freundin und erzählte nur noch von den gemeinsamen Treffen und Proben mit ihr. Kim fand es gut, dass Marie jemanden hatte, mit dem sie sich zusammen auf das Casting vorbereiten konnte, aber sie wollte auf keinen Fall, dass Marie darüber die drei !!! vernachlässigte.

»Ich sterbe, ich bin so nervös!«, rief Marie und fiel Kim um den Hals. Anscheinend hatte sie ihre Freundinnen doch nicht vergessen.

»Das tust du nicht«, widersprach Kim. »Du gehst jetzt da ganz cool rein und singst die anderen an die Wand.«

»Und wir feuern dich an«, sagte Franzi.

»Und wer feuert mich an?«, fragte Ramona.
Marie stupste sie in die Seite. »Ich natürlich – und deine Mutter.«
»Ja«, stöhnte Ramona. »Aber die ist noch viel aufgeregter als ich. Sie macht mich noch wahnsinnig!«
In dem Moment schoss Frau Freiberg aus dem Hotel und sah sich suchend um. »Wo bleibst du denn, Ramona? Ich hab dich gerade angemeldet.«
»Ich komm ja schon«, sagte Ramona und verschwand mit ihrer Mutter im Hotel.
Franzi und Kim hakten sich rechts und links bei Marie unter.
»Los geht's!«, rief Franzi gut gelaunt.
Obwohl sie eigentlich mit diesen Musik-Castings nichts anfangen konnte, klopfte ihr Herz plötzlich schneller. Hoffentlich kam Marie bei der ersten Castingrunde weiter. Das wünschte sie ihrer Freundin so sehr. Ihrer Schwester würde sie natürlich auch die Daumen drücken. Seit Chrissie sich spontan dazu entschlossen hatte, auch bei der Castingshow mitzumachen, war sie so beschäftigt mit den Vorbereitungen, dass sie völlig vergaß, sich mit Franzi zu streiten.
Franzi spürte, wie Marie neben ihr unruhig wurde.
»Jetzt ist es wirklich so weit«, flüsterte Marie. »Wenn mein Vater bloß da wäre, der kennt sich mit Lampenfieber aus! Aber er kann seinen Dreh in der Fußgängerzone natürlich nicht einfach sausen lassen.«
»Dafür sind wir da«, sagte Kim, und Franzi drückte Marie fest die Hand.

In der Lobby des Hotels war ein Höllenlärm. Eine Gruppe Gleichaltriger lief nervös hin und her. Alle quatschten durcheinander und lachten zu laut, um ihre Aufregung zu überspielen. Kim reckte sich und versuchte, sich einen Überblick zu verschaffen. »Da vorn ist die Anmeldung.«

Franzi bahnte sich einen Weg durch die vielen Leute und suchte das Ende der Schlange. Marie folgte ihr zögernd. Zehn Minuten später kamen sie endlich dran.

»Wie heißt du?«, fragte die junge Frau hinter dem Tresen.

»... Marie Grevenbroich«, antwortete Marie und merkte, dass ihre Zunge am Gaumen klebte. Die Frau hakte den Namen auf der Liste ab und gab Marie einen Zettel. »Da steht deine Startnummer drauf. Den Zettel musst du gut aufheben und vorzeigen, wenn dich jemand danach fragt. Du kommst ungefähr in einer halben Stunde dran. Inzwischen kannst du dich warmsingen in Probenraum drei. Der ist da drüben links.«

Marie nickte. Zusammen mit Franzi und Kim ging sie hinüber. An der Tür empfing sie eine Art Bodyguard. Marie zeigte ihre Nummer vor und er winkte sie durch. Doch als Franzi und Kim ihr folgen wollten, blockierte er die Tür.

»Hier dürfen nur die Künstlerinnen und Künstler rein! Ihr könnt schon mal vor ins Studio gehen, da werdet ihr eure Freundin später hören.«

Marie seufzte. »Ich seh euch dann später im Studio.«

»Viel Glück!«, sagte Kim.

»Du schaffst das!«, sagte Franzi und hielt den rechten Daumen hoch.

Marie nickte tapfer, aber in Wirklichkeit wäre sie am liebsten davongelaufen. Wie war sie bloß auf die Idee gekommen, bei diesem Casting mitzumachen? Aber jetzt gab es kein Zurück mehr. Zögernd betrat sie den Probenraum. Das Zimmer war rappelvoll. Überall hatten sich Mädchen und Jungs ausgebreitet. Ein paar schminkten sich, ein Mädchen und ein Junge sangen zusammen Tonleitern rauf und runter, und der Rest hing mit flatternden Nerven am Handy.
Marie guckte sich suchend um, aber sie konnte Ramona nicht entdecken. Wahrscheinlich war sie in einem anderen Probenraum gelandet. Marie spürte, wie auf einmal ihre Knie zitterten. Da ging die Tür auf und der Bodyguard rief: »Nummer zwanzig bis fünfundzwanzig: *It's showtime!*«
Sofort sprangen vier Mädchen und zwei Jungs auf und rannten zur Tür. Marie blieb kurz das Herz stehen. Mit letzter Kraft ließ sie sich auf einen frei gewordenen Stuhl fallen. Mit zitternden Fingern holte sie ihre Puderdose aus der Tasche und überprüfte das Make-up im Klappspiegel. Nichts war verwischt, alles schien perfekt zu sein. Wenigstens etwas!
»Hast du zufällig Halsbonbons dabei?«, fragte ein Mädchen. »Ich bin seit heute Morgen so heiser.«
»Ja, klar«, sagte Marie und drehte sich um. Das Mädchen war Chrissie. Sie hatte sich einen langen Schal umgewickelt und hektische rote Flecken auf den Wangen.
»Kleiner Tipp«, sagte Marie, als Chrissie in die Tüte mit den Kräuterbonbons griff. »Die Wangen würde ich mit kaltem Wasser kühlen.«

»Was?«, rief Chrissie und guckte entsetzt in den großen Spiegel an der Wand. »Oh Gott!« Dann lief sie sofort zum Waschbecken und drehte den Hahn so weit auf, dass Marie einige Wasserspritzer abbekam.

»Danke«, sagte Chrissie, schnappte sich, ohne zu fragen, ein zweites Bonbon und schwirrte ab.

Marie guckte auf ihre Armbanduhr. Noch fünfundzwanzig Minuten! Wie sollte sie das bloß durchstehen? Der Stresspegel im Probenraum potenzierte sich von Minute zu Minute. Marie konzentrierte sich auf ihren Atem. Ihr Vater hatte ihr mal einen Trick verraten: einatmen und dabei bis vier zählen, ausatmen und dabei bis acht zählen. Leider funktionierte der Trick heute nicht wirklich.

Endlich nannte der Bodyguard ihre Nummer. Wie in Trance stolperte sie den anderen hinterher, die mit ihr aufgerufen worden waren. Der Bodyguard führte sie zu einem riesigen Konferenzraum, der in ein Studio verwandelt worden war. Überall standen Kameras herum und von der Decke strahlten grelle Scheinwerfer auf sie herab. Die Zuschauer verschwanden hinter einem grauen Nebel. Marie kniff die Augen zusammen.

»Ihr seid gleich dran«, sagte eine Stimme, die ihr bekannt vorkam. »Vor euch singen noch vier andere. Wartet bitte solange im Hintergrund.«

Als sich ihre Augen an das grelle Licht gewöhnt hatten, erkannte Marie die Stimme: Sie gehörte Michael Martens. Er saß an einem langen Tisch, eingerahmt von Terry und Sue. Drei Mädchen und ein Junge gingen jetzt auf den Tisch zu. Das erste

Mädchen war Ramona! Marie versuchte, ihr ein Zeichen zu geben, aber Ramona sah nicht her. Marie drückte ihrer Freundin so fest die Daumen, dass ihre Knöchel wehtaten.
»Stellt euch bitte erst mal vor und erzählt kurz, wie lange ihr schon singt und warum ihr das gern tut«, sagte Terry.
Auf diese Frage hatte sich Marie mit Ramona gut vorbereitet. Mindestens zehn Mal hatten sie sich gegenseitig ihre Argumente vorgesagt und daran gefeilt.
Ramona erzählte leicht stockend, dass sie schon mit sechs Jahren angefangen hatte, Gesangs- und Tanzstunden zu nehmen, und seit einem Jahr Leadsängerin in der Schülerband sei. Die Jury nickte beeindruckt. Dann fing Ramona an zu singen. Sie hatte sich *Nicht allein* ausgesucht und zu Hause auch immer perfekt gesungen. Marie hatte vor allem Ramonas tolles Rhythmusgefühl bewundert. Doch jetzt verhaspelte Ramona sich bei der ersten Strophe und sang viel zu leise. In den Refrain kam sie auch nicht richtig rein. Was war bloß mit ihr los?
Marie sah hinüber zu den Zuschauern. Da entdeckte sie Frau Freiberg in der ersten Reihe. Sie saß völlig aufgelöst auf ihrem Platz und hielt ein Transparent mit der Aufschrift *Du schaffst es, Ramona! Küsschen von Mama* hoch. Na toll! Das hatte Ramona bestimmt gerade noch gefehlt. Ob sie deshalb so durch den Wind war?
Als Ramona zu Ende gesungen hatte und verzweifelt auf den Boden starrte, fing Marie sofort an zu klatschen. Das Publikum klatschte mit, aber der Beifall war nicht besonders laut. Marie drückte ihre Daumen noch fester.

»Danke, Ramona«, sagte Terry. »Das war eine gute Performance. In dir steckt sehr viel Power. Gratuliere, du bist eine Runde weiter!«

Ramona konnte es erst nicht glauben. »Ich bin weiter?«

»Ja«, sagte Terry. »Freu dich und hör noch den anderen zu.«

Da fing Ramona an zu strahlen. Marie winkte ihr zu und Ramona winkte zurück.

Nach Ramona kamen zwei Schwestern dran, die Sporthosen und neongrüne Steppwesten trugen. Beinahe hätte Marie die Geschwister nicht erkannt, denn ihre Gesichter waren von Baseball-Caps halb verdeckt. Jette und Julia Ternieden gingen in Maries Parallelklasse, und Marie war heilfroh, dass sie ihre lautstarken Sprüche und »coolen« Witze nur ab und zu in den Pausen ertragen musste. Als die Geschwister mit einem Duett losschmetterten, hielt sich Marie kurz die Ohren zu, so schräg sangen die beiden. Dabei tanzten sie auch noch in einem ganz anderen Rhythmus.

»Danke, Jette und Julia«, sagte Sue. Dann steckte die Jury die Köpfe zusammen und diskutierte heftig.

Michael Martens grinste. »Ihr kommt cool rüber, aber gesangstechnisch müsst ihr noch ein bisschen aufholen.«

»Trotzdem geben wir euch eine Chance«, sagte Terry. »Nutzt sie und arbeitet an euch. Ihr seid eine Runde weiter. Glückwunsch!«

Marie tauschte einen verständnislosen Blick mit Ramona. Hatte die Jury Tomaten auf den Ohren? Die konnten doch nicht jemanden durchwinken, der so grottenschlecht war! Andererseits – wenn das Niveau hier so niedrig war, brauchte sie sich echt keine Sorgen mehr zu machen!

Der Junge, der als Nächstes vorsang, wurde auch genommen.

Als Marie schließlich drankam, war ihr Lampenfieber wie weggeblasen. Eine tiefe Ruhe breitete sich in ihrem Körper aus. Sie atmete durch und begann zu erzählen: »Ich heiße Marie und bin vierzehn Jahre alt. Ich hab eigentlich schon immer gesungen, schon als Kind im Sandkasten.« Die Jury lächelte und Marie redete weiter: »Seit drei Jahren nehme ich Gesangsstunden. Daneben habe ich Schauspielunterricht und mache Musical Dance, um meine Bühnenpräsenz zu verbessern. Ich will später unbedingt Sängerin werden. Singen ist mein Leben!«

»Danke, Marie«, sagte Sue.

Nachdem sich die anderen drei auch vorgestellt hatten, fragte Michael: »Marie, welches Lied hast du uns mitgebracht?«

»*We are best friends*«, antwortete Marie.

»Sehr gut«, sagte Michael Martens. »Das ist mal was anderes.«

Terry und Sue lachten. Danach wurde es still im Raum. Marie schloss die Augen und stellte sich den ersten Ton und das Tempo vor, in dem sie anfangen wollte. Dann sang sie los: *»I'm happy spending time with my friends. Everything is great because me and my friends are together.«* Von der ersten Note an hatte sie ein gutes Gefühl.

Die erste Strophe lief glatt und bei der zweiten Strophe wurde sie immer sicherer. Spätestens beim Refrain hatte sie die Jury, die Kameras und das Publikum völlig vergessen. Sie dachte an

Kim und Franzi und wie schön es war, dass sie so tolle Freundinnen gefunden hatte. Marie sang: »*My friends know how I feel, yes, they know. Oh, we are best friends …*« Ohne hängen zu bleiben, sang sie den Song bis zum Ende durch.
Als der letzte Ton verklungen war, war es wieder still im Raum. Doch dann klatschte das Publikum begeistert los. Und Marie hörte Franzi und Kim sofort heraus.
»Ma-rie, Ma-rie, Ma-rie!«, brüllten sie im Sprechchor.
Marie verbeugte sich und guckte ängstlich in die Gesichter der Jury.
Die steckten wieder kurz die Köpfe zusammen. Dann räusperte sich Terry. »Du hast eine schöne Stimme, Marie, und dein Ausdruck ist auch gut. Trotzdem können wir dich leider nicht nehmen.«
Marie kam es vor, als würde der Boden unter ihren Beinen wegsacken. »Warum nicht?«, fragte sie.
Terry zögerte. »Du bist … du hast sehr großes Lampenfieber gehabt, nicht wahr?«
Marie nickte. »Ja, schon, aber nur vorher …«
»Siehst du«, sagte Terry. »Das hab ich gleich gemerkt. Deine Hände haben gezittert.«
»Wirklich?«, fragte Marie.
»Wir haben keine Zeit mehr«, sagte Terry ungeduldig. »Du kannst gehen, Marie. Der Nächste, bitte! Noah, welchen Song hast du uns mitgebracht?«
Marie konnte es nicht fassen. Erst als Michael Martens ihr ein Zeichen gab, das Studio zu verlassen, stolperte sie los.

Wo war bloß der Ausgang? Ihre Augen brannten. Sie konnte gerade noch die Tür hinter sich zumachen, da kamen auch schon die Tränen. Marie lehnte sich an eine Wand und rutschte langsam nach unten. Das war nicht wahr, das konnte nicht wahr sein!

Plötzlich spürte sie eine warme Hand auf ihrer Schulter.

»Marie, das war total gemein!«, sagte Kim und hielt ihr ein Papiertaschentuch hin.

»Die haben dich echt nicht verdient«, sagte Franzi. »Du warst richtig gut. So ein toller Song über Freundschaft! Und deine Hände haben überhaupt nicht gezittert. Ich hab genau hingesehen.«

Marie schniefte in Kims Taschentuch. »Ich kann mich leider nicht mehr erinnern, ich weiß nur, dass beim Singen mein Lampenfieber weg war. Ich war total entspannt.«

»Das hat man auch gemerkt«, sagte Kim. »Ich hab dich übrigens auch genau beobachtet. Deine Hände haben wirklich nicht gezittert. Diese Terry muss was an den Augen haben.«

»Das nützt mir alles nichts«, sagte Marie, »ich bin draußen.«

Franzi schüttelte wütend den Kopf. »Das werden wir noch sehen. Wenn du willst, rede ich mal mit dieser Terry.«

»Nein, bitte nicht!«, rief Marie. »Das wäre total peinlich.«

Kim setzte sich neben Marie auf den Boden, aber Franzi blieb stehen. »Du willst dir doch diese Ungerechtigkeit nicht einfach gefallen lassen?«, empörte sie sich. »Diese Schwestern, die so unmusikalisch waren, haben sie genommen und dich nicht? Da ist doch was faul!«

Marie zuckte mit den Schultern. »Ich weiß nicht. Vielleicht bin ich ja doch einfach nicht gut genug …«
»So ein Quatsch!«, sagte Kim. »Wir waren schon vor dir im Studio und haben viele Mädchen singen hören. Keine war so gut wie du!«
»Ja, genau«, sagte Franzi. »Nicht mal deine Freundin Ramona, die hatte heute eindeutig einen schlechten Tag. Warum sie trotzdem genommen wurde und du nicht, kann ich einfach nicht verstehen.«
»Sie haben eben erkannt, dass sie mehr draufhat«, sagte Marie und schnäuzte sich wieder. Warum quälten Franzi und Kim sie? Sie machten die Sache nur noch schlimmer.
In dem Moment stürmte Chrissie völlig aufgelöst aus dem Studio.
Franzi passte ihre Schwester ab. »Und, wie war's?«
»Frag nicht so blöd!«, zischte Chrissie und machte sich fluchtartig aus dem Staub.
Franzi seufzte. »Auch durchgefallen! Bei ihr wundert mich das, ehrlich gesagt, nicht. Chrissie hat sich noch nie fürs Singen interessiert, erst seit dem Casting-Aufruf hat sie sich plötzlich in den Kopf gesetzt, ein Star zu werden.«
Da kamen Ramona und Frau Freiberg aus dem Studio. Ramona strahlte immer noch über das ganze Gesicht, und ihre Mutter tat so, als sei sie selber der eigentliche Star des Tages.
»Hey, Marie!«, rief Ramona und lief zu der Freundin. »Es tut mir so leid, dass sie dich nicht genommen haben! Wie geht es dir?«

Franzi zog Marie sanft hoch und sagte: »Schlecht geht es ihr, das siehst du doch.«

Marie schluckte die letzten Tränen hinunter. Sie wollte sich vor Ramona keine Blöße geben. »Es geht schon, ich bin okay. Herzlichen Glückwunsch! Ich freue mich für dich, du bist drin.«

»Danke!«, sagte Ramona.

Ihre Mutter legte stolz den Arm um sie. »Als du uns damals erzählt hast, wie nett Michael Martens ist, wusste ich gleich, dass es klappt!« Dann lächelte sie Marie aufmunternd zu. »Das nächste Mal hast du sicher mehr Glück.«

Marie nickte, obwohl sie überzeugt war, dass es kein nächstes Mal geben würde.

Nach einer peinlichen Schweigeminute sagte Frau Freiberg: »Also dann, man sieht sich.«

»Bis bald!« Ramona lief am Arm ihrer Mutter davon.

Marie sah den beiden nach und spürte, wie ihr schon wieder Tränen in die Augen stiegen.

Franzi schüttelte langsam den Kopf. »Wisst ihr was? Das Ganze hier stinkt zum Himmel. Das Casting wird doch manipuliert. Und was hat Ramonas Mutter da gerade von Michael Martens gefaselt?«

Marie erzählte ihr, dass Frau Freiberg sich brennend für den Geschäftsführer interessiert und ihr Löcher in den Bauch gefragt hatte.

»Sehr verdächtig«, sagte Franzi. »Und gerade hat sie gemeint, sie *wusste,* dass es klappt. Warum war sie sich vorher schon so sicher? Hört mal: Könnte es nicht sein, dass sie Michael Martens bestochen hat? Dass sie ihm Geld gegeben hat, damit Ramona in die nächste Runde kommt?«

»Das glaub ich nicht!«, rief Marie.

Kim sah Franzi verblüfft an und kombinierte noch mal deren Argumente. »Ich finde, Franzi hat recht. Ramonas Mutter hat sich ziemlich verdächtig gemacht. Wir sollten der Sache auf jeden Fall nachgehen.«

Marie schüttelte den Kopf. »Da mache ich nicht mit. Ramona ist meine Freundin! Und ihre Mutter mag zwar ehrgeizig sein, aber ansonsten ist sie echt in Ordnung.«

»So gut kennst du sie doch gar nicht«, warf Franzi ein.

»Stimmt«, sagte Kim. »Ich spür's in meinem kleinen Zeh: Wir haben einen neuen Fall! Lasst uns gleich am Montag Ramonas Mutter beschatten.«

Marie verschränkte die Arme vor der Brust. »Ohne mich!«

Eine heiße Spur

»Da ist sie!«, flüsterte Kim.

Franzi schnappte sich Kims Fernglas. »Na endlich!« Zwei Stunden kauerten sie jetzt schon auf ihrem Beobachtungsposten vor dem Haus von Frau Freiberg. Aber das Warten im Novembernieselregen auf feuchtem Boden hinter der hohen Buchshecke hatte sich gelohnt.

Ramonas Mutter warf schwungvoll die Haustür hinter sich zu und lief über den kleinen Fußweg zur Straße.

»Wir haben Glück«, zischte Kim. »Sie geht zu Fuß.«

»Die ist ja gestylt heute«, murmelte Franzi verwundert.

Frau Freiberg trug trotz nasskalten Herbstwetters ein elegantes lilafarbenes Kostüm mit kurzem Rock und Pumps.

Kim zückte ihr Detektivtagebuch und kritzelte schnell hinein:

15:34 Uhr. Frau F. verlässt das Haus in Richtung Innenstadt. Genaueres Ziel: noch unklar.

Dann standen Franzi und Kim auf und rieben sich die schmerzenden Knie. Ihre Fahrräder, die sie in einem Busch versteckt hatten, ließen sie liegen. Die würde keiner so schnell finden.

»Es geht los!«, flüsterte Franzi.
Die beiden verfolgten Frau Freiberg so unauffällig wie möglich. Sie kannten sich in dem Viertel gut aus, weil Marie gleich um die Ecke wohnte. Und zum Glück gab es jede Menge alter Bäume, hinter denen sie sich immer wieder verstecken konnten.
Als sie an Maries Haus vorbeikamen, seufzte Kim leise. Was ihre Freundin jetzt wohl machte? Gemeinsam mit Franzi hatte sie gestern alles versucht, um Marie zu überreden, bei der Verfolgung mitzumachen – vergeblich. Marie war nach wie vor davon überzeugt, dass Ramonas Mutter unschuldig war. Und außerdem war sie wegen des Castings so fertig, dass sie nichts von einem neuen Fall wissen wollte.
Da zupfte Franzi an Kims Anorakärmel und rief: »Stopp!«
Kim zuckte zusammen. Beinahe wäre sie Frau Freiberg direkt in die Arme gelaufen. Ramonas Mutter war plötzlich an einer Straßenecke stehen geblieben.
Franzi und Kim verschanzten sich hinter einem Kiosk und studierten scheinbar interessiert die Tageszeitungen.
»Was macht sie?«, flüsterte Kim.
Franzi lugte um die Ecke. »Sie geht zum Geldautomaten.«
»Wetten, sie hebt Bestechungsgeld ab?«, raunte Kim.
»Gut möglich«, sagte Franzi. »Mist, sie hat das Geld zu schnell in die Handtasche geschoben. Ich konnte nicht sehen, wie viel es war. Achtung, sie geht weiter!«
Frau Freiberg ließ die Fußgängerzone links liegen und steuerte auf den Schillerpark zu. Ein Schwarm Tauben flog auf und Ramonas Mutter folgte ihnen.

»Hoffentlich will sie nicht bloß Tauben füttern«, sagte Kim.
»Glaub ich nicht«, sagte Franzi. »Dann hätte sie eine Tüte mit altem Brot oder Körnern dabei.«
Franzi sollte recht behalten. Frau Freiberg ignorierte die Tauben und durchquerte zielstrebig auf dem asphaltierten Hauptweg den Schillerpark. Am Osttor verließ sie den Park wieder und bog in eine belebte Geschäftsstraße ein. Hier reihte sich ein Bürogebäude ans andere. Ramonas Mutter ging gleich auf das erste zu. Franzi und Kim warteten hinter einer Litfaßsäule, bis sie das Gebäude betreten hatte. Dann flitzten sie hinterher. Durch die Drehtür konnten sie gerade noch erkennen, wie sich die Aufzugtür hinter Frau Freiberg schloss.
»Oh nein!«, rief Franzi und zeigte auf die Firmenschilder am Eingang. »Hier gibt es ja tausend verschiedene Firmen. Wie sollen wir jetzt bloß herausfinden, wo Ramonas Mutter hinwill?«
Kim ging die Schilder im Eiltempo systematisch von oben nach unten durch. Plötzlich blieb sie bei einem Schild hängen. »Da haben wir's! *Youth – junge Musik*. Das ist doch die Plattenfirma, in der Michael Martens Geschäftsführer ist.«
»Volltreffer!«, rief Franzi.
Schnell quetschten sie sich durch die Drehtür und liefen zum Aufzug. Direkt neben dem Knopf für den siebten Stock war das Firmenschild von *Youth* angebracht. Aufgeregt drückte Kim auf den Knopf. Fast geräuschlos schwebten sie nach oben. Als die Aufzugtür aufging, merkte Kim, wie ihre Hände feucht wurden. Wenn Frau Freiberg jetzt um die Ecke bog, waren sie verloren!

Doch der Flur war leer. Franzi und Kim gingen ein paar Meter auf dem dicken, dunkelblauen Teppich, der ihre Schritte verschluckte. Hinter einer Tür hörten sie laute Musik, hinter einer anderen einen Staubsauger. Die nächste Tür auf der rechten Seite stand offen. Vorsichtig lugten sie hinein.

»Die Teeküche«, flüsterte Kim.

Franzi war schon eine Tür weiter. »Und hier ist das Sekretariat von Michael Martens. Schnell weg, ich höre Schritte!«

Sofort zogen sich Kim und Franzi in die Teeküche zurück. Keine Sekunde zu früh, denn da ging auch schon die Tür des Sekretariats auf und sie hörten eine flötende Stimme, die sie nur allzu gut kannten.

»Vielen Dank!«, sagte Frau Freiberg. »Das ging ja schneller, als ich dachte.«

Eine leicht genervte Männerstimme antwortete: »Ja, ja, schon gut! Auf Wiedersehen!«

»Auf Wiedersehen«, sagte Frau Freiberg. Dann lief sie an der Teeküche vorbei.

Sie war so nah, dass Kim sogar ihr Parfüm riechen konnte: eine Mischung aus Orange und Vanille. Kim lauschte mit klopfendem Herzen, wie sich die Schritte von Ramonas Mutter langsam entfernten. Die Aufzugtür zischte, und dann hörte sie, wie der Aufzug nach unten fuhr. Gleichzeitig murmelte der Assistent von Michael Martens: »Bloß keinen Stress, bloß keinen Stress!«, und machte seine Tür wieder zu.

»Puh!«, rief Kim. »Das war knapp.«

Franzi nickte. »Kannst du laut sagen. Und jetzt? Hinterher?«

Kim schüttelte den Kopf. »Nein, lass uns lieber hier noch ein bisschen warten. Bestimmt muss der Assistent irgendwann aufs Klo. Ich würde zu gern einen Blick in sein Büro werfen. Vielleicht gibt es ja irgendwo Hinweise auf Frau Freiberg.«

»Gute Idee!«, sagte Franzi.

Kim holte ihr Detektivtagebuch heraus und notierte: *16:01 Uhr. Frau F. verlässt das Sekretariat von Youth.*

Franzi ließ sich auf einen Klappstuhl fallen und Kim lehnte sich gegen den Kühlschrank. Auf dem kleinen Tisch in der Teeküche lag eine aufgerissene Packung Kekse. Diese Nervennahrung hätte sie jetzt gut brauchen können, aber sie konnte doch nicht einfach Kekse stehlen. Ausgerechnet heute hatte sie vergessen, einen Schokoriegel mitzunehmen.

Da ging draußen eine Tür auf. Schnell lugte Kim um die Ecke. »Der Assistent geht zur Toilette!«

Franzi war sofort bei Kim. Gemeinsam schlichen sie aus der Teeküche und schlüpften ins Sekretariat hinein. Kims Magen verkrampfte sich. Wie war sie bloß auf die verrückte Idee gekommen, hier einfach einzudringen? Doch dann spürte sie wieder das prickelnde Jagdfieber und riss sich zusammen. Auf dem Schreibtisch lagen überall Stapel von Papieren.

Nur eine Stelle war frei, direkt neben dem Computer. Dort prangte ein großer Terminkalender.

Franzi und Kim beugten sich aufgeregt darüber.

»Hier!«, rief Franzi und zeigte auf den Mittwoch. »14:00: Frau Freiberg. Der nächste Termin ist um 14:30 Uhr. Also hat sie eine halbe Stunde bei Michael Martens.«

Kim kritzelte Datum und Zeit in ihr Detektivtagebuch. »Also doch! Das kann einfach kein Zufall sein.«
Franzi sah sich im Raum um. »Schau mal, die ganzen goldenen Scheiben an den Wänden! Michael Martens scheint einen echt guten Riecher für Talente zu haben. Warum hat er sich bloß nicht für Marie eingesetzt?«
Kim wurde langsam nervös. »Komm, lass uns abhauen! Sonst erwischt uns der Assistent noch.«
»Okay«, sagte Franzi. »Ich check nur noch, wie er heißt.« Leise öffnete sie die Tür und sah auf das Namensschild neben der Tür. »Er heißt Thomas mit Nachnamen«, flüsterte sie.
»Okay, dann nichts wie los. Die Luft ist rein.«
Franzi und Kim verließen das Büro und rannten zum Aufzug. Gerade als sie dort ankamen, ging die Tür auf und Michael Martens stand ihnen direkt gegenüber.
Kim schnappte nach Luft. Ihr wurde ganz heiß und sie spürte, wie ihr die Röte ins Gesicht schoss. Jetzt war alles aus! Doch im nächsten Moment fiel ihr ein, dass Michael Martens sie ja gar nicht kannte.
Plötzlich klingelte das Handy des Geschäftsführers. Er griff in seine Tasche, warf den Mädchen einen flüchtigen Blick zu und ging an ihnen vorbei. »Ja, Sue, was gibt es denn schon wieder?«, nuschelte er in sein Handy.
Franzi zog Kim in den Aufzug. Als die Tür zuging, prustete sie los und konnte gar nicht mehr aufhören zu lachen.
»Was hast du?«, fragte Kim, der der Schock immer noch in den Knochen steckte.

»Wenn der wüsste«, kicherte Franzi, »dass wir ihm ganz dicht auf den Fersen sind. Der hält uns bestimmt für harmlose Fans irgendeiner Boygroup.«
»Tja«, sagte Kim und musste auch kichern. »So kann man sich täuschen. Aber ich finde das super. Weil wir erst 13 sind, fallen wir mit unserem Detektivclub viel weniger auf bei den Ermittlungen.« Plötzlich wurde sie wieder ernst. »Aber die drei !!! müssen diesen Fall gemeinsam lösen. Wir brauchen Marie!«
Franzi stieg aus dem Aufzug und steuerte auf die Drehtür zu. »Am besten holen wir unsere Räder und fahren zu ihr.«
»Dasselbe wollte ich auch gerade vorschlagen«, sagte Kim. Die beiden rannten zurück durch den Schillerpark zum Haus von Ramonas Mutter. Franzi war wieder mal schneller als Kim. Während Kim noch keuchte und mit Seitenstechen kämpfte, hatte Franzi bereits die Fahrräder aus dem Busch geholt.
Kurz darauf klingelten sie bei Marie, doch der Summer blieb stumm.
»Weißt du zufällig, ob sie heute Musical-Dance-Kurs hat? Oder Yogastunde? Ich kann mich nicht genau erinnern«, stöhnte Franzi.
Kim wusste es leider auch nicht. Sie machte sich Sorgen um Marie. Was war, wenn es ihr immer noch so schlecht ging, dass sie mit niemandem reden wollte, nicht mal mit ihren Freundinnen?
Schweigend standen Kim und Franzi eine Weile vor dem Haus und überlegten, was sie tun sollten.

Da ertönte auf einmal der Summer. Erleichtert machte Kim die Tür auf und sie fuhren hoch zum Penthouse. Die Wohnungstür stand offen. Als sie eintraten, fanden sie Marie mit einer Decke auf dem Sofa vor. Ihr Gesicht war gerötet und etwas verquollen.
»Du Ärmste!«, rief Kim und lief zu ihr hin, um sie zu umarmen.
Aber Marie drehte sich weg. »Ihr hättet euch den Weg sparen können. Bemitleiden kann ich mich auch allein.«
Franzi ließ sich aufs Sofa plumpsen. »Wir haben Neuigkeiten! Du ahnst nicht, was wir herausgefunden haben!«
»Lasst mich raten«, sagte Marie. »Ihr habt Ramonas Mutter hinterherspioniert und sie beim Ladendiebstahl erwischt.«
»Viel besser«, sagte Franzi. »Sie hat einen Termin mit Michael Martens vereinbart, übermorgen Nachmittag.«
Marie richtete sich auf. »Wie bitte? Du machst Witze!«
»Franzi macht leider keine Witze«, sagte Kim. »Sie war im Sekretariat bei *Youth* und wir haben den Beweis im Terminkalender seines Assistenten gefunden.«
Franzi und Kim berichteten ihrer Freundin von der aufregenden Verfolgungsjagd. Marie hörte schweigend zu, holte sich ein Taschentuch und zerknüllte es in ihrer Faust.
»Also, was ist jetzt?«, fragte Franzi. »Steigst du nun ein in unsere Ermittlungen oder nicht?«
Marie schwieg immer noch.
»Wir brauchen dich«, sagte Kim und sah Marie flehend an. »Du gehörst doch zu den drei !!!. Ohne dich sind wir aufgeschmissen.«

Franzi nickte. »Kim hat recht. Wir brauchen dich. Du musst übermorgen zu diesem Michael Martens gehen und ihn unauffällig ausquetschen, und zwar am besten gleich nachdem Ramonas Mutter bei ihm war. Du bist die Einzige von uns, die er bereits kennt. Wenn du es schaffst, an seinem Assistenten vorbeizukommen, kann eigentlich gar nichts mehr schiefgehen.«
Marie warf das Taschentuch in den Papierkorb. »Habt ihr schon eine Strategie? Ich hab da nämlich eine Idee.«

Ein Rauswurf und ein neuer Anfang

Marie sah auf ihre Armbanduhr: 14:35 Uhr. Die Drehtür des Firmengebäudes bewegte sich und wie erwartet kam Frau Freiberg heraus. Gut gelaunt ging sie an Marie vorbei, sah ihr mitten ins Gesicht, ohne zu grüßen, und bog in den Schillerpark ein.

Marie musste grinsen. Ramonas Mutter hatte sie nicht erkannt! Ungeduldig wartete Marie ein paar Minuten, dann riss sie sich die schwarze Perücke vom Kopf und setzte die Sonnenbrille ab. Beide Sachen ließ sie in den tiefen Taschen ihres Mantels verschwinden.

»Der Countdown läuft«, murmelte sie. Unauffällig drehte sie sich noch einmal um. Auf der anderen Straßenseite hatte Franzi ihr Fahrrad auf den Kopf gestellt und bastelte daran herum. Fünf Meter weiter stand Kim vor dem Schaufenster der Espresso-Bar und trat fröstelnd von einem Bein aufs andere. In der letzten Nacht waren die Temperaturen in den Keller gefallen und tagsüber war es nicht wesentlich wärmer geworden. Dazu kam ein ungemütlicher, eiskalter Regen.

Marie straffte die Schultern, klemmte den schwarzen Schirm ihres Vaters unter den Arm und ging auf die Drehtür zu. Sie betrat den Eingangsbereich so selbstverständlich, als ginge sie jeden Tag dort zur Arbeit. Im Aufzug, den sie mit einer Geschäftsfrau in blauem Kostüm teilte, starrte sie betont gelangweilt Löcher in die Luft. Als der Lift im siebten Stockwerk hielt, öffnete sie ihren Mantel, strich den grauen Bleistiftrock glatt, der sie mindestens zwei Jahre älter machte, und trat hinaus in den Flur. Franzi und Kim hatten ihr genau beschrieben, wo das Sekretariat war. Sie musste also nicht mal nach dem Weg fragen. Auf dem Flur begegneten ihr zwei coole Typen Anfang zwanzig mit Tattoos auf den Oberarmen und Kopfhörern im Nacken.

»Hi, bist du neu hier?«, fragte der eine und grinste Marie an.

»Nein«, sagte Marie. »Ich bring nur meinem Onkel was vorbei, Herrn Thomas.«

Die beiden stießen sich an und lachten.

»Na dann, viel Spaß bei deinem Onkel!«, sagte der andere. »Der kann ja ziemlich abweisend sein. Die meisten Leute wimmelt er sofort ab.«

»Echt?«, sagte Marie. »Zu mir ist er immer supernett.«

Die Typen gingen grinsend weiter. Marie atmete tief durch. Das waren ja heitere Aussichten. Hoffentlich würde der Assistent ihr die Lügengeschichte abnehmen!

Entschlossen klopfte sie an der Tür des Sekretariats.

»Herein!«, rief eine nicht gerade freundlich klingende Stimme.

Marie machte schwungvoll die Tür auf und setzte ihr schönstes Lächeln auf. »Guten Tag, Herr Thomas! Mein Name ist Marie Grevenbroich.«

»Ja, und?«, fragte der Assistent, der gerade einen Stapel Papier in den Drucker einlegte.

Marie musterte Herrn Thomas kurz von oben bis unten. Er war etwa Anfang vierzig und hatte seine dunkelbraunen Haare zu einem straffen Pferdeschwanz zusammengebunden.

»Entschuldigen Sie bitte die Störung«, redete Marie unbeirrt weiter. »Mir ist da was ganz Dummes passiert. Stellen Sie sich vor, ich war heute Morgen in der Espresso-Bar gegenüber und hab einen Latte Macchiato getrunken. Das mache ich immer vor der Arbeit. Da stellt sich plötzlich Michael Martens neben mich. Ich habe ihn sofort erkannt, weil er doch so oft in der Zeitung ist. Wir kamen ins Gespräch und haben ein bisschen geplaudert. Er wollte sogar meine Telefonnummer haben.«

Herr Thomas guckte genervt auf seine Armbanduhr.

Marie strahlte ihn an. »Ich werde Sie nicht mehr lange belästigen, das verspreche ich Ihnen! Also, Michael Martens hatte es auf einmal eilig, er stürzte seinen Cappuccino hinunter und ging schnell hinaus. Ich sah ihm nach, und als er längst weg war, fiel mir auf, dass er seinen Regenschirm vergessen hatte. Ich bin natürlich sofort auf die Straße gerannt, aber es war zu spät. Er war schon verschwunden. Leider musste ich dann gleich zur Arbeit, aber jetzt bin ich hier und wollte Michael Martens seinen Schirm zurückbringen.«

Der Assistent brachte erst den Drucker wieder zum Laufen.

Dann sagte er: »Danke! Geben Sie den Schirm mir. Herr Martens ist gerade in einer Besprechung.«
Marie presste den Schirm an sich und schüttelte den Kopf. »Nein, nein! Ich bestehe darauf, den Schirm Michael Martens persönlich zu überbringen. Ich warte gerne, das ist überhaupt kein Problem!«
»Wie Sie wollen«, sagte Herr Thomas. »Das kann aber dauern!« Dann hämmerte er auf seine Computer-Tastatur, ohne Marie einen Platz anzubieten oder sich weiter um sie zu kümmern.
Marie ging ans Fenster und wartete. Innerlich jubelte sie. Sie hatte es tatsächlich geschafft! Der Assistent der Geschäftsleitung war ihr auf den Leim gegangen und Michael Martens würde sie auch noch um den Finger wickeln.
Die nächsten Minuten zogen sich wie Kaugummi dahin. Alle Augenblicke sah Marie auf die Uhr. Nach zwanzig Minuten ging endlich die Tür auf und Michael Martens kam mit einem Kollegen heraus. Verblüfft starrte er Marie an. »Was machst du denn hier?«
»Die junge Dame will unbedingt zu Ihnen«, sagte Herr Thomas. »Sie hat …«
»Ist gut«, unterbrach Michael Martens. »Komm doch rein, Marie.«
Mit einem triumphierenden Lächeln ging Marie an dem finster dreinblickenden Assistenten vorbei. Michaels Büro war größer als der Vorraum. Überall an den Wänden waren Fotos von Sängerinnen und Sängern, die gerade einen Musikpreis gewonnen

hatten. In einer Nische stand eine teure, silbrig glänzende Musikanlage.
Michael Martens setzte sich hinter seinen Glasschreibtisch und deutete auf einen eleganten schwarzen Ledersessel. »Bitte!«
Marie legte den Schirm achtlos auf den Boden, versank in dem kühlen Leder und lächelte.
»Also, was kann ich für dich tun?«, fragte Michael.
»Zuerst mal wollte ich mich entschuldigen«, sagte Marie. »Ich hab mich auf der Party total bescheuert benommen. Ich wollte mich nicht bei dir einschleimen oder mir irgendwelche Vorteile beim Casting verschaffen, das musst du mir glauben.«
Michael nickte. »Okay, Entschuldigung ist angekommen. Was hast du sonst noch auf dem Herzen?«
»Wie soll ich am besten anfangen?«, sagte Marie. »Ich habe eine Freundin, Ramona. Ramona Freiberg. Sie macht auch beim Casting mit und hat die erste Vorrunde geschafft, mit dem Song *Nicht allein*.«
Michael runzelte die Stirn. »Ach ja, ich erinnere mich. Und, was ist mit ihr?«
»Na ja«, sagte Marie. »Ich finde, sie ist die beste Sängerin in der ganzen Stadt. Du solltest sie mal mit ihrer Band bei uns in der Schule hören. Da ist sofort eine Wahnsinnsstimmung. Und das liegt ganz allein an ihr. Sie hat so eine tolle Ausstrahlung.«
Michael spielte mit seinem Kugelschreiber herum. »Könntest du langsam mal auf den Punkt kommen? Ich hab nicht ewig Zeit.«
»Ja, klar«, sagte Marie. »Entschuldige bitte! Also: Ramona ist

eine super Künstlerin und sie ist sehr feinfühlig und sensibel. Ich wollte dich nur darum bitten, dass du sie in den nächsten Runden nicht so hart anpackst. Ich will nicht, dass sie weinen muss, weil die Kritik zu heftig ist. Kannst du mir das versprechen?«

Michael starrte Marie an. »Was hast du da gerade gesagt?«

Marie blieb ganz ruhig und wich seinem Blick nicht aus.

»Fass sie bitte nicht mit der harten Methode an. Die bewirkt bei ihr genau das Gegenteil.«

»Und warum sollte ich das bitte für dich tun?«, fragte Michael.

Marie seufzte. »Ich habe leider nicht so viel Taschengeld«, schwindelte sie. »Aber ich würde dir alles geben, was ich habe.«

Da sprang Michael von seinem Sessel auf. »Ich glaub, ich hör nicht recht! Du versuchst schon wieder, mich zu bestechen!«

»Nein, nein!«, wehrte sich Marie. »Ich will nur meiner Freundin helfen.«

»Ich fasse es nicht!«, rief Michael. Seine Stimme wurde immer lauter. »Verschwinde sofort aus meinem Büro!«

»So hab ich es nicht gemeint«, sagte Marie. »Lass mich doch erklären ...«

»Da gibt es nichts zu erklären!«, sagte Michael scharf. »Dieses Casting läuft nach fairen Spielregeln ab und ich werde alles dafür tun, dass das auch so bleibt. Komm mir ja nie wieder mit so was! Sonst muss ich mal ein ernstes Wörtchen mit deinem Vater reden.«

Marie erschrak. Ihr Vater durfte von der ganzen Sache nichts erfahren. »Nein, bitte nicht!«, rief sie ehrlich verzweifelt.
»Du hast es selber in der Hand«, sagte Michael, »wenn du jetzt sofort verschwindest, vergesse ich die ganze Geschichte. Wenn nicht, dann hat das Konsequenzen für dich. Dein Vater fände es bestimmt nicht lustig, dass du hier bei mir aufkreuzt, um mich zu bestechen.«
Hastig sprang Marie vom Ledersessel hoch und griff nach ihrem Schirm. »Das war alles ein riesengroßes Missverständnis. Tut mir wirklich leid. Tschüss«, murmelte sie und machte sich so schnell wie möglich aus dem Staub.
Hinter ihr knallte Michael wütend die Tür zu.
»Er hat heute einen schlechten Tag«, sagte sie zum Assistenten der Geschäftsleitung, der sie entgeistert ansah. »Geben Sie ihm Bachblütentropfen oder so was, das wirkt bei meinem Vater auch immer Wunder.«
Bevor Herr Thomas etwas erwidern konnte, schlüpfte Marie rückwärts zur Tür hinaus. Den Schirm versteckte sie dabei geschickt hinter dem Rücken. Auf dem Flur wäre sie am liebsten losgerannt, aber dadurch wäre sie bloß noch mehr aufgefallen. Da kamen ihr auch noch ausgerechnet die beiden coolen Typen von vorhin entgegen.
»Na, wie war's bei deinem Onkel? Doch nicht so toll?«, fragte der eine.
»Ging so«, murmelte Marie und versuchte, ihre gleichgültige Maske aufrechtzuerhalten.
Im Flur kamen zwei Aufzüge gleichzeitig an. Marie wartete, bis

die Typen in einem verschwunden waren, dann nahm sie den anderen Aufzug und fuhr ins Erdgeschoss. Es kam ihr ewig vor, bis sie endlich unten anlangte und durch die Drehtür ins Freie flüchten konnte.

Schnell rannte sie in den Schillerpark. Erst bei einer einsamen Bank im hinteren Teil des Parks, den die drei !!! als Treffpunkt vereinbart hatten, blieb sie stehen. Ihr Herz hämmerte gegen die Brust und sie sah wieder Michaels wütendes Gesicht vor ihren Augen.

Da kam Franzi angesprintet, gefolgt von Kim. »Und, wie war's?«, fragte sie gespannt.

Kim brachte vor lauter Keuchen erst mal kein Wort heraus.

»Schrecklich!«, stöhnte Marie. »Er hat mich rausgeworfen.«

»Du Arme!«, rief Kim. »Warum das denn?«

»Er hat sich über meinen Bestechungsversuch total aufgeregt«, erzählte Marie, »und hat gesagt, dass er mit meinem Vater redet, wenn ich so was noch einmal mache.«

Franzi schüttelte den Kopf. »Der ist ja hart drauf.«

»Stimmt«, sagte Marie, die sich langsam wieder von ihrem Schreck erholte. »Aber ein Gutes hat das Ganze wenigstens: Wir wissen jetzt sicher, dass er sich nicht bestechen lässt und dass Ramonas Mutter unschuldig ist.«

»So sicher ist das nicht«, sagte Franzi. »Vielleicht ist er ja nur deshalb so ausgerastet, weil du ins Schwarze getroffen hast. Das kenne ich von Chrissie. Die regt sich auch immer am meisten auf, wenn jemand sie bei irgendeinem Mist, den sie gebaut hat, ertappt.«

Kim überlegte. »Hm, Franzi hat recht. Vielleicht war ihm dein Taschengeld zu wenig oder er wollte sich nicht verraten, weil er gerade erst das Geld von Ramonas Mutter eingeschoben hat. Deshalb hat er verzweifelt versucht, den Verdacht von sich abzulenken. Weil er Angst hat, dass du das Ganze weitererzählst.«

»Was redet ihr da?«, rief Marie. »Michael hat mich schon bei der Party sofort abgewimmelt und jetzt wieder. Ich glaube nicht, dass er bestechlich ist. Und Ramonas Mutter ... nein, da glaube ich es auch nicht, dass sie ihn wirklich bestochen hat. Vielleicht wollte sie ja ganz was anderes von ihm.«

»Was denn?«, fragte Franzi.

Marie zuckte die Schultern. »Keine Ahnung.«

Franzi und Kim tauschten einen Blick.

»Glauben reicht aber nicht«, sagte Kim. »Detektive müssen so lange weiterermitteln, bis sie sich hundertprozentig sicher sind.«

Marie stöhnte. »Ich hasse diesen Fall!«

»Trotzdem müssen wir ihn lösen«, sagte Franzi. »Die drei !!! geben nicht bei der ersten kleinen Schwierigkeit auf.«

Marie schnappte nach Luft. »Das nennst du ›erste kleine Schwierigkeit‹? Hast du dir mal überlegt, wie ich Ramona unter die Augen treten soll? Vornerum tue ich so, als sei sie meine Freundin, und hintenrum traue ich ihrer Mutter die schlimmsten Dinge zu und versuche, sie hinter Gitter zu bringen.«

»Du solltest eben Privates und Berufliches trennen«, sagte Franzi. »Du musst dich ja in der nächsten Zeit nicht mehr mit Ramona treffen. Dann hast du das Problem nicht.«

Marie war sauer, weil Franzi über ihren Kopf hinweg bestimmte, was sie tun sollte. »Ach, so einfach ist das, denkst du?«, gab sie wütend zurück.

»Hört auf zu streiten!«, ging Kim dazwischen. »Ihr macht alles nur noch schlimmer.«

»Und was schlägst du stattdessen vor?«, fragte Marie.

»Wir müssen weiterermitteln«, sagte Kim. »Was haltet ihr von einer Krisensitzung im Pferdeschuppen? Morgen um vier Uhr? Da können wir alles Weitere besprechen. Marie, bitte lass uns jetzt nicht im Stich! Ich weiß, dass es schwer für dich ist, aber ich weiß auch, dass wir da einer heißen Sache auf der Spur sind.«

Marie nickte. »Okay, okay, ich mach ja weiter mit! Aber morgen kann ich erst um fünf. Vorher hab ich Gesangsstunde. Bloß weil die mich aus dem Casting gekickt haben, höre ich noch lange nicht auf zu singen!«

Zwei Stars verplappern sich

»Schmeckt es dir nicht, Kim?«, fragte Frau Jülich beim Abendessen am nächsten Tag. »Hast du vielleicht Probleme in der Schule?«

Kim sah genervt von ihrem Teller hoch, auf dem sie die Bratkartoffeln von einer Seite zur anderen geschoben hatte. Immer musste ihre Mutter von der Schule anfangen. Als ob es nicht tausend wichtigere Dinge gäbe! Den Detektivclub zum Beispiel. Da ging im Moment alles drunter und drüber.

»Ich hab heute auch nicht so viel Appetit«, mischte sich Herr Jülich ein. »Die Gummibärchen waren einfach zu gut.« Dabei zwinkerte er Kim zu.

Genau wie Kim liebte ihr Vater Süßigkeiten. Wenn er in seiner Werkstatt an einer seiner Kuckucksuhren bastelte, verdrückte er manchmal nebenbei eine ganze Tüte Gummibärchen oder eine Tafel Schokolade.

Frau Jülich stöhnte. »Wunderbar! Du bist ja ein tolles Vorbild für deine Tochter.«

Da fingen Ben und Lukas an zu lachen.

»Was habt ihr denn?«, fragte Kim ihre Zwillingsbrüder und guckte sie misstrauisch an.
Die beiden hatten garantiert schon wieder etwas ausgeheckt. Wenn sie nicht gerade darum bettelten, an Kims Computer ein neues Spiel auszuprobieren, kamen sie auf tausend andere dumme Ideen.
»Ich weiß, warum Kim keinen Hunger hat«, sagte Ben.
»Ich auch!«, rief Lukas.
Dann krähten die beiden Neunjährigen im Chor: »Sie ist *verliebt*!«
Kim fiel vor Schreck die Gabel aus der Hand. »Spinnt ihr? Das ist nicht wahr!«
»Ist es doch«, sagte Ben und zog aus seiner Hosentasche ein gefaltetes Blatt Papier heraus. »Wir haben den Beweis, wir sind nämlich auch Detektive.«
Kim versuchte, Ben das Papier wegzunehmen, aber ihr kleiner Bruder war schneller. Er warf das zusammengefaltete Blatt zu Lukas hinüber. Der strich es hastig glatt und las laut vor: *»Ich hab mich verknallt! Das erste Mal so richtig. Wer es ist? Michi Mill…!«*
Kim riss ihm das Blatt aus der Hand. »Wo habt ihr das her? Wart ihr an meinem Computer?«
»Nein«, sagte Ben und schüttelte unschuldig den Kopf. »Du hast die Seite ausgedruckt und im Drucker liegen lassen.«
»Und da haben wir sie gefunden, als wir in deinem Zimmer unseren Fußball gesucht haben. Der ist da zufällig reingerollt.«
Kim wurde knallrot. »Zufällig? Ich glaub euch kein Wort, mei-

ne Tür war doch zu. Das ist *mein* Drucker und *mein* Computer! Wann kapiert ihr das endlich? Und in meinem Zimmer habt ihr nichts zu suchen!«

Ben und Lukas grinsten sie an.

»Du bist rot geworden, rot geworden!«, rief Lukas. Kim wurde prompt noch röter.

Da mischte sich ihre Mutter ein. »Du bist verliebt? Zum ersten Mal? Ach je!«

Kim hätte sich am liebsten unter einem Berg Bratkartoffeln versteckt.

»Michi, Michi …«, überlegte Herr Jülich laut. »Ist das nicht dieser nette junge Mann, der in der Eisdiele aushilft? Ach, könntest du nicht mal einen Gratis-Eisbecher mitbringen?«

»Karl, also wirklich«, unterbrach ihn Frau Jülich.

Herr Jülich lachte. »Schon gut, war ja nur ein Vorschlag. Kim hätte es eh nicht gemacht. Dafür ist sie viel zu ehrlich.«

»Und verknallt!«, krähte Lukas schon wieder.

»Halt den Mund!«, rief Kim, sprang auf und rannte hoch in ihr Zimmer. Keine Sekunde hielt sie es hier länger aus.

Geheimes Tagebuch von Kim Jülich
Donnerstag, 19:01 Uhr

► Finger weg von meinem Tagebuch! Das gilt besonders für zwei Personen, deren Vornamen mit B und L beginnen!!! ◄

Ben und Lukas sind so was von gemein! Ständig schnüffeln sie herum und stecken ihre Nasen in Dinge, die sie überhaupt nichts angehen. Ich hab das Recht auf ein Pri-

vatleben! Kann ich denn überhaupt nichts mehr offen in meinem Zimmer liegen lassen? Muss ich mir jetzt einen Safe zulegen und alles wegsperren? Und kann ich nie wieder etwas ausdrucken? Diese Seite, die ich gerade schreibe, drucke ich jedenfalls nicht aus.
Es war so peinlich, peinlich, peinlich!
Jetzt weiß meine ganze Familie, dass ich in Michi verknallt bin! Ich würde am liebsten untertauchen wie Harry Lime in »Der dritte Mann«, von dem alle denken, dass er tot ist, aber in Wirklichkeit führt er sein Leben im Schutz der unterirdischen Labyrinthe der Wiener Kanäle weiter.
Aber das Schlimmste ist: Michi meldet sich einfach nicht. Mag er mich nicht mehr? Michi, bitte melde dich!

Detektivtagebuch von Kim Jülich
Donnerstag, 19:16 Uhr

Erst konnte ich es kaum erwarten, dass die drei !!! einen neuen Fall bekommen. Und jetzt ist alles so schrecklich kompliziert. Sicher liegt es daran, dass diesmal eine von den drei !!! direkt betroffen ist. Als Detektivin braucht man eben eine gewisse Distanz, um mit klarem Kopf ermitteln zu können. Die hat Marie leider nicht. Trotzdem will sie weitermachen. Ich bewundere sie sehr dafür. Wer weiß, wie es mir ginge, wenn ich an ihrer Stelle wäre. Daran darf ich gar nicht denken.
Bei unserer Krisensitzung ist leider nichts Großartiges herausgekommen. Wir waren uns nur einig, dass wir gemeinsam weiterermitteln. Und Marie hat darum gebeten, dass sie nicht Ramonas Mutter beschatten muss, wenn es sich irgendwie vermeiden lässt. Das haben wir ihr natürlich zugestanden. Dieses Wochenende haben Franzi und ich eh keine Zeit, uns mit Ramonas Mutter zu beschäftigen. Wir schreiben beide eine Mathearbeit, und weil Franzi keinen blassen Schimmer hat, lernen wir zusammen und ich helfe ihr ein bisschen.

Mein Krimiroman verstaubt inzwischen in der Schublade. Seit unser neuer Fall begonnen hat, habe ich keine einzige Zeile mehr geschrieben. Im Schreibworkshop vom Jugendzentrum war ich auch schon zwei Wochen nicht. Hoffentlich ist die Schreibkrise bald vorbei und hoffentlich geht unser Fall bald weiter. Meine Laune ist eh schon im Keller. Ich glaube, da hilft nur noch ein Stück Schokolade. Oder zwei!

Noch nie war es Marie so schwergefallen, in die Schule zu gehen. Normalerweise machten ihr die Stunden Spaß und in der Pause hatte sie ihre Clique, mit der sie quatschen konnte. Und dann gab es ja auch noch Ramona ... Aber seit der Sache mit deren Mutter schaffte Marie es einfach nicht, so zu tun, als wäre nichts. Erzählen durfte sie Ramona auch nichts, sonst gefährdete sie die Ermittlungen der drei !!!. Also tat sie etwas, was sie sonst nie tat: Sie ging Ramona aus dem Weg und verbrachte die meiste Zeit der Pause auf dem Flur der Fünftklässler, wo sich sonst kein Achtklässler aufhielt. Auch heute am Freitag drückte sie sich wieder dort herum.
Doch plötzlich hörte sie Ramonas Stimme. »Marie, hallo!«
Zögernd drehte sie sich um. »Ja?«
Ramona lachte. »Langsam glaube ich, du rennst vor mir davon. In den letzten Tagen hab ich dich überall gesucht.«
Marie wusste nicht, was sie sagen sollte. »Ich wollte ... ein bisschen allein sein.«
»Ja, klar«, sagte Ramona. »Du bist immer noch gefrustet wegen des Castings. Kann ich dir irgendwie helfen? Willst du dich bei mir ausheulen? Kein Problem!«
Marie schüttelte den Kopf. Dass Ramona so lieb zu ihr war,

nagte noch mehr an ihrem schlechten Gewissen. »Nein, schon gut!«
»Komm, ich spendier dir eine Quarktasche«, sagte Ramona.
»Ich hab keinen Hunger«, murmelte Marie. »Ein andermal total gern. Du, sei mir nicht böse, aber ich muss ganz dringend aufs Klo.« Und bevor Ramona vorschlagen konnte mitzugehen, machte Marie auf dem Absatz kehrt und rannte davon.
»Warte!«, rief Ramona ihr hinterher, aber Marie drehte sich nicht mehr um.
Sie hetzte über den Pausenhof hinüber zum Mehrzweckbau. Dort waren die Räume für den Kunst- und Musikunterricht untergebracht und auf die Toilette im zweiten Stock verirrte sich kaum jemand während der Pause. Marie nahm auf der Treppe immer zwei Stufen auf einmal, rannte zur Mädchentoilette und riss die Tür auf. Dann sperrte sie sich in eine Kabine ein, klappte den Klodeckel herunter und wartete, bis sich ihr Atem langsam wieder beruhigte.
So konnte es nicht weitergehen! Sie konnte Ramona nicht ewig ausweichen. Aber was sollte sie tun? Die Lage war so dermaßen verfahren und es gab einfach keinen Ausweg. Marie stützte die Ellbogen auf die Knie und seufzte.
Da ging die Tür auf und sie hörte, wie zwei Mädchen hereinkamen. Der Wasserhahn rauschte, dann klackerte der Seifenspender.
»Ich hab schon wieder meine Mathehausaufgaben nicht gemacht!«, sagte die eine. »Kann ich schnell bei dir abschreiben?«

Marie horchte auf. Die Stimme kam ihr irgendwie bekannt vor.
»Dasselbe wollte ich dich auch gerade fragen«, sagte die andere. »Ich dachte, *du* hättest ...«

»*So ein Zufall, hey, die Party geht ab!*«, fing die Erste spontan an zu singen.

Da machte es klick bei Marie. Diese schräge Stimme würde sie nie vergessen. Das war Jette und die andere war Julia! Die hatten gut lachen. Bestimmt waren sie nur weitergekommen, weil Michael Martens fand, dass sie »cool« rüberkamen. Als ob sie nicht auch cool gewesen wäre, aber Michael schien wohl eher auf laute Töne und extrovertierte Leute zu stehen.

»Wen interessiert schon Mathe!«, sagte Jette. »Ich kann es kaum erwarten, bis die zweite Runde anfängt. Nächsten Freitag ist es endlich so weit und wir kommen auch fast am Anfang dran.«

Julia stöhnte: »Hör auf! Ich hab jetzt schon Lampenfieber.«

»Wieso denn?«, fragte Jette und kicherte. »Beim ersten Mal lief doch auch alles wie geschmiert.«

»Ja, schon«, sagte Julia, »trotzdem: Ich hab einfach Schiss!«

Marie hörte, wie eine der beiden eine Spraydose betätigte. Sekunden später wehte der Minzgeruch eines Sportdeos zu ihrer Kabine herüber. Marie hielt sich die Nase zu, um nicht niesen zu müssen.

»Entspann dich!«, sagte Jette zu ihrer Schwester. »Du weißt doch: Wir werden die Stars von *Afternoon*!«

Wenn das passiert, dachte Marie, dann schicke ich eine Stinkbombe zum Sender. Das können die echt nicht bringen.

Julia ließ einen gespielten Stoßseufzer los. »Ja, ich weiß: Mama hat es uns versprochen, und was sie verspricht, das hält sie auch.«

Marie klappte die Kinnlade nach unten. Was hatte Julia da gerade gesagt? Ihre Mutter hatte es ihnen versprochen? Wie konnte sie das tun? War sie etwa noch größenwahnsinniger als Frau Freiberg?

»Wir dürfen bloß niemandem etwas erzählen«, sagte Jette leise. »Mama ist ein verdammt großes Risiko für uns eingegangen.«

Risiko? Marie schwante auf einmal, worum es ging: Hatte die Mutter von Jette und Julia etwa Michael Martens bestochen?

Plötzlich hörte Marie Schritte. Blitzschnell entriegelte sie die Kabinentür und zog die Beine hoch. Die Schritte kamen näher. Langsam gingen sie die Kabinen ab. Marie hielt den Atem an. Vor ihrer Kabine blieb Jette oder Julia stehen. Oh nein, sie hatte doch etwas gemerkt! Sie wusste, dass sie da drin saß. Doch da entfernten sich die Schritte wieder. Marie wagte wieder zu atmen.

»Zum Glück ist keiner da«, sagte Jette. »Wir müssen aber echt vorsichtig sein. Wenn da was durchsickert, kriegen wir einen Riesenärger.«

Julia raunte: »Ich schweige wie ein Grab! Erst viel später in meinen Memoiren werde ich erwähnen, dass ich meinen Karrierestart einem kleinen Trick zu verdanken habe.«

»Schhht!«, machte Jette. »Bist du endlich still?« Da ertönte der Gong zum Pausenende.

»Los, komm!«, rief Jette.
Marie hörte das Klackern der Sprühdose, die in eine Tasche geworfen wurde, dann ging die Tür auf und wieder zu. Marie wartete zur Sicherheit noch eine Weile, bis sie mit einem breiten Grinsen auf dem Gesicht ihre Kabine verließ.
Das war ja der Hammer! Wenn das kein halbes Geständnis gewesen war! Jammerschade, dass sie ihr Handy in der Schule ausschalten musste und nicht auf Aufnahme hatte drücken können. Das wäre auch zu schön gewesen. Aber diese Neuigkeiten Franzi und Kim zu erzählen, darauf freute sie sich jetzt schon. Dann mussten die beiden endlich einsehen, dass Ramonas Mutter unschuldig war!

Vier Stunden später zogen sich die drei !!! in die Kutsche im Pferdeschuppen zurück. Marie hatte allerhöchste Geheimhaltungsstufe ausgerufen. Franzi klappte extra das Verdeck der Kutsche zu. Jetzt saßen sie dicht gedrängt nebeneinander auf der schmalen, harten Bank, atmeten den schwachen Geruch nach Pferden ein und steckten aufgeregt die Köpfe zusammen.
Leise erzählte Marie haarklein das Gespräch zwischen Jette und Julia. Sie war richtig stolz darauf, dass sie sich den genauen Wortlaut eingeprägt hatte.
Am Schluss machte sie eine geheimnisvolle Pause und sah ihre Freundinnen erwartungsvoll an. »Und, was sagt ihr dazu?«
»Ich bin platt!«, rief Kim. »Damit hätte ich jetzt am wenigsten gerechnet.«
Franzi schlug sich mit der Hand gegen die Stirn. »Mensch, da-

rauf hätte ich auch kommen können! Damals beim Casting kam mir die Sache mit den Schwestern auch schon so komisch vor, aber gleich danach hab ich es wieder vergessen, weil Ramonas Mutter ihren seltsamen Spruch losgelassen hat.«

»Siehst du!«, sagte Marie triumphierend. »Du hast die falsche Person verdächtigt. Frau Freiberg ist unschuldig.«

Kim räusperte sich. »Das ist immer noch nicht bewiesen, aber jetzt haben wir auf jeden Fall eine noch heißere Spur.«

Marie stöhnte. »Findest du nicht, dass du mit deiner Hartnäckigkeit ein bisschen zu weit gehst?«

»Nein«, sagte Kim. »Als Detektivin kann man nie hartnäckig genug sein!«

»Für Streiereien haben wir jetzt keine Zeit«, stellte Franzi klar. »Wir müssen handeln, bevor es zu spät ist und die unmusikalischen Schwestern noch eine Runde weiterkommen. Was haltet ihr davon, wenn wir bei denen eine kleine Hausdurchsuchung veranstalten?«

Kim riss den Mund auf. »Bist du wahnsinnig? Willst du etwa nachts in ihr Haus einbrechen, oder was?«

»Von Einbrechen war nicht die Rede«, sagte Franzi, »wir läuten am helllichten Tag bei ihnen, wenn wir wissen, dass die Schwestern weg sind, bei einer Gesangsstunde oder so. Dann braucht ihr nur noch die Mutter abzulenken, während ich mich unauffällig im Haus umsehe. Na, was haltet ihr davon?«

Marie nickte. »Genialer Plan. Er hat nur einen einzigen Haken: Wir wissen nicht, wo Jette und Julia wohnen, und wir wissen nicht, wann sie ihre Gesangsstunde haben.«

»Kein Problem«, sagte Kim. »Die Adresse bekomme ich sicher raus. Wozu gibt es die Auskunft im Internet? Und was die Nachmittagstermine der beiden angeht, da musst du eben deinen Charme spielen lassen, Marie. Unterhalte dich am Montag in der Pause ein bisschen mit den beiden! Erzähl ihnen, dass du sie beim Casting gesehen hast und wie wahnsinnig toll du sie findest. Das schaffst du doch locker, oder?«

Marie verzog das Gesicht. »Super Idee. Da freu ich mich riesig drauf.«

»Okay«, sagte Kim. »Dann kann's ja bald losgehen.«

»Endlich!«, rief Franzi und alle drei !!! lachten.

In der Höhle des Löwen

Am Montagnachmittag standen die drei !!! bei den Garagen in der Bühlstraße 25 und hielten nach Jette und Julia Ausschau. Die Schwestern wohnten in einer Doppelhaushälfte am Rande einer Spielstraße, die nur fünf Minuten von Kims Wohnung entfernt war.

Marie fieberte dem Augenblick entgegen, in dem die Schwestern das Haus verlassen würden. Ihre Taktik war voll eingeschlagen. Sie hatte heute in der Pause perfekt den begeisterten Fan gespielt und Jette und Julia waren prompt darauf reingefallen. Sie hatten sich sofort in Pose geworfen und Marie Autogramme gegeben. Danach hatten sie ihr die Ohren vollgequatscht und ganz von selbst von ihren Gesangs- und Hip-Hop-Dance-Stunden erzählt. Marie hatte nur einmal nachhaken müssen, um herauszufinden, dass sie heute Nachmittag von 15:00 Uhr bis 16:30 Uhr Hip-Hop Dance hatten. Jetzt konnte Marie sich richtig auf die Hausdurchsuchungsaktion freuen. Ramona hatte ihr nämlich heute eröffnet, dass ihre Mutter für vier Tage zu einem Geschäftskongress in die USA fliegen würde. Damit war endgültig klar, dass sie mit der Bestechung nichts zu tun hatte. Schließlich würde niemand, der gerade dabei war, jemanden mit Bestechungsgeldern zu schmieren, ausgerechnet in der heißen Phase des Castings verreisen und die Sache außer Kontrolle geraten lassen.

»Sie kommen!«, zischte Franzi plötzlich.

Kim notierte in ihr Detektivtagebuch: *J. und J. verlassen das Haus um 14:50 Uhr. Fortbewegungsmittel: zwei grüne Sporträder. Ziel: die Tanzschule in der Fußgängerzone.*

Die drei !!! duckten sich und ließen die Schwestern an sich vorbeifahren. Ahnungslos unterhielten sich Jette und Julia und lachten unbeschwert. Marie grinste. Das Lachen würde ihnen bald vergehen!

»Bist du bereit?«, flüsterte Marie Franzi zu.

Die nickte, während sie die Riemen ihres Rucksacks festzurrte. »Bin bereit.«

Kim verglich ihre Armbanduhr mit der von Franzi. »Okay, wir geben dir fünfzehn Minuten, sobald die Terrassentür offen ist. Spätestens um 15:15 Uhr musst du die Fliege machen, verstanden? Länger können wir Frau Ternieden sicher nicht hinhalten und wir dürfen kein Risiko eingehen. Nach der Aktion geht jede für sich alleine ihren abgesprochenen Weg zu mir und wir treffen dort wieder zusammen. Alles klar?«

»Alles klar!«, sagten Franzi und Marie gleichzeitig.

»Viel Glück!«, wünschte Kim Franzi und war heilfroh, dass sie nicht deren Part übernehmen musste.

Sofort sprintete Franzi los, lief um die hohe Mauer des Doppelhauses herum und kletterte auf einen Apfelbaum, dessen Zweige ins Grundstück der Terniedens hineinragten. Hinter diesem Teil der Mauer war gleich die Terrasse.

Kim und Marie warteten, bis sie einen dumpfen Aufprall und das Zeichen hörten: den Ruf einer Meise. Dann kamen sie hinter den Garagen hervor und liefen den säuberlich geharkten Weg zur Haustür.

Kim umklammerte die Reitgerte, die Franzi ihr geliehen hatte, und wiederholte im Kopf noch mal schnell die Worte, die sie sagen wollte.

Da ging auch schon die Tür auf, und eine Frau in Jogginghose und blauem Pulli erschien. »Wollt ihr zu Jette und Julia?«, fragte Frau Ternieden. »Die sind leider nicht da.« Plötzlich stutzte sie und sah Marie genauer an. »Kenne ich dich nicht irgendwoher?«

Marie schüttelte den Kopf. »Nein, ganz bestimmt nicht.«

Kim versuchte inzwischen möglichst verzweifelt auszusehen.

»Tinka ist weg!«, sprudelte Marie los. »Wir haben sie schon überall gesucht, aber keiner hat sie gesehen. Sie ist ausgebüxt. Das macht sie sonst nie und ausgerechnet heute, wo wir doch mit ihr feiern wollen. Tinka wird nämlich sieben, wissen Sie.«

Frau Ternieden hörte in Ruhe zu und lächelte. »Ihr sucht eure kleine Schwester? Wie sieht sie denn aus?«

»Wir haben gar keine kleine Schwester«, sagte Kim. »Tinka ist unser Pony. Das heißt, eigentlich gehört sie Jasmin«, dabei deutete sie auf Marie, »aber wir teilen uns Tinka und reiten beide auf ihr.«

Frau Ternieden hob die Schultern. »Da kann ich euch leider nicht weiterhelfen. Hier ist kein Pony.«
»Sind Sie sicher?«, fragte Marie. »Bitte, dürfen Leonie und ich ganz kurz in Ihren Garten schauen? Vielleicht ist Tinka ja über die Mauer gesprungen und Sie haben es gar nicht gemerkt. Tinka kann nämlich sehr gut springen.«
»Natürlich könnt ihr nachsehen«, sagte Frau Ternieden freundlich. »Zur Terrasse geht es einfach gerade durch.«
»Danke!«, sagte Kim und düste sofort los.
Marie blieb bei Frau Ternieden und redete weiter auf sie ein. Währenddessen öffnete Kim die Terrassentür. Lautlos schlüpfte Franzi herein.
Schnell lief Kim wieder zurück und setzte ein enttäuschtes Gesicht auf. »Im Garten ist Tinka leider auch nicht.«
»Das tut mir leid«, sagte Frau Ternieden.
Marie lehnte sich an den Türrahmen, als ob sie sich vor lauter Erschöpfung kaum mehr auf den Beinen halten könnte. Im Schauspielunterricht hatte sie das schon oft geübt und jetzt konnte sie es endlich in der Praxis anwenden. »Wir ... haben ... drei Stunden ... gesucht und ... alle Nachbarn in der Umgebung befragt. Sie waren unsere letzte Hoffnung. Wir finden Tinka nie wieder!«, murmelte Marie verzweifelt.
Frau Ternieden versuchte, sie zu beruhigen. »Das glaube ich nicht! Ihr findet euer Pony bestimmt wieder. Kann ich euch irgendwie helfen?«
»Ich glaube nicht«, sagte Marie. »Aber trotzdem vielen Dank. Sie sind sehr nett.«

Kim fügte hinzu: »Wir wollen Sie auch nicht länger aufhalten. Bitte entschuldigen Sie die Störung.« Dabei legte sie kurz ihren Kopf auf der Schulter ihrer Freundin ab, wie um neue Kraft zu tanken.
Frau Ternieden reagierte genau so, wie sie es gehofft hatten. »Jetzt kommt doch erst mal rein, ich mache euch eine heiße Schokolade und dann erzählt ihr mir noch mal alles ganz in Ruhe.«
»Sie sind so nett zu uns!«, sagte Marie.
Kim freute sich, endlich mal nicht lügen zu müssen. »Ich *liebe* heiße Schokolade!«
»Das freut mich«, sagte Frau Ternieden.
Kim und Marie betraten das Haus und folgten Frau Ternieden in die Küche. Dabei redeten sie extra laut, damit Franzi gewarnt wurde und sich verstecken konnte, falls sie gerade in der Nähe war. Unruhig sah Kim sich um, doch Franzi war zum Glück weit und breit nicht zu sehen. Dann fiel ihr Blick auf die Wände des Flurs. Sie waren von oben bis unten gepflastert mit Fotos von Jette und Julia. Jedes Mal hatten sie ein anderes Outfit an und auf einigen Bildern Mikrofone vor den Lippen.
»Tolle Fotos, nicht?«, sagte Frau Ternieden und lächelte stolz.
»Ja, die sind super!«, schwärmte Marie täuschend echt.
Kim starrte fassungslos auf die Bilder. Sie mochte es nicht besonders gerne, fotografiert zu werden, und die Vorstellung, der Flur daheim wäre voller Fotos von ihr, war der absolute Albtraum.
In der Küche hing zwar nur ein Foto von Jette und Julia, aber

das hatte dafür Postergröße. Fröhlich lächelten die Schwestern von der zitronengelb gekachelten Wand auf Kim und Marie herab, die sich zögernd an den Küchentisch setzten.
Frau Ternieden hantierte geschäftig mit Topf und Schneebesen. »Gleich bekommt ihr eure heiße Schokolade.«
»Danke!«, sagte Marie und spielte das höfliche Mädchen, das keine Umstände machen wollte. »Ich kann gerne schon mal die Becher aus dem Schrank holen. Wo sind die denn?«
Frau Ternieden zeigte auf einen der weißen Schränke.
Marie stellte drei Becher auf den Tisch und lächelte. »Sie trinken sicher auch einen Schluck mit, oder?«
»Wo Tinka jetzt wohl ist?«, murmelte Kim. »Hoffentlich ist ihr nichts passiert!«
»Ja, hoffentlich«, sagte Marie leise.
Frau Ternieden goss die heiße Schokolade in die Becher. »So, das wird euch guttun!« Sie setzte sich zu ihnen, nippte an ihrem Becher und wartete, bis sie ganz ausgetrunken hatten. »Also, wann habt ihr euer Pony denn das letzte Mal gesehen?«
»Gestern Abend«, sagte Marie. »Wir haben Tinka nach dem Reiten gemeinsam trocken gerieben und sie in ihre Box gebracht. Alles war so wie immer. Uns ist nichts Besonderes aufgefallen, nicht wahr, Leonie?«
»Nein, Jasmin«, sagte Kim.
»Ja, genau«, sagte Marie. »Deshalb wären wir auch nie auf die Idee gekommen, dass Tinka über Nacht verschwinden könnte. Tinka ist sonst so eine Brave …« Marie redete und redete, um Zeit zu schinden, und Frau Ternieden hörte geduldig zu.

Kim sah zwischendurch unauffällig auf ihre Armbanduhr. Acht Minuten hatten sie schon überstanden. Jetzt mussten sie noch sieben Minuten herumkriegen. Hoffentlich konnten sie Frau Ternieden so lange einlullen!

Während Kim und Marie sich mit Frau Ternieden beschäftigten, checkte Franzi schnell alle Räume ab. Im Erdgeschoss gab es neben dem Wohnzimmer nur noch ein Musikzimmer mit einem Klavier drin. Im ersten Stock waren das Bad, das Schlafzimmer der Eltern und das Zimmer von Jette und Julia. Bei Letzterem lagen ein Haufen Klamotten auf dem Boden. Franzi ließ es links liegen und nahm sich das Arbeitszimmer von Frau Ternieden vor. Sie erkannte es sofort, weil auf dem Schreibtisch mehrere Fotos standen und ein Stapel Visitenkarten.

Helga Ternieden

Immobilienmaklerin

Termine nach Vereinbarung

Franzi musste grinsen. Der Beruf passte zu Frau Ternieden. Mit ihrer selbstbewussten Art konnte sie bestimmt ihre Kunden überzeugen, eine Wohnung oder ein Haus zu kaufen. Dann konzentrierte sich Franzi wieder auf ihre Arbeit. Der Schreibtisch war peinlich aufgeräumt und in einem Ablagekörbchen

lag fein säuberlich ein Stapel Papiere. Franzi ging ihn durch: Es waren leider nur lauter langweilige Prospekte von irgendwelchen neuen Häusern.
Neben dem Schreibtisch standen ein Kopierer und ein Regal, gefüllt mit Wörterbüchern, trockener Fachliteratur über Betriebswirtschaft und Aktenordnern.
Das half Franzi leider nicht weiter. Langsam wurde sie nervös. Lauter harmlose Dinge, kein einziges Fitzelchen sah hier verdächtig aus, keine Quittung über Bestechungsgelder, nichts! Als ob Frau Ternieden geahnt hätte, dass ihr Büro durchsucht werden würde. Franzi sah sich noch mal in dem Raum um. Doch außer einem blauen Sofa gab es nur noch ein paar Grünpflanzen und einen Rollcontainer, auf dem ein großer Strauß Astern stand. Franzi bückte sich und guckte sich den Rollcontainer von der Seite an. Da war ja noch eine kleine Tür! Neugierig machte Franzi sie auf. Innen lagen wieder Papiere. Vorsichtig holte Franzi sie heraus: Rechnungen, private Briefe und Kontoauszüge, ordentlich zusammengeheftet. Franzi setzte sich aufs Sofa und blätterte die Kontoauszüge durch. Die meisten Posten auf der Habenseite waren Eingänge von Kunden, die für die Vermittlung ihrer Immobilien bezahlt hatten. Und die meisten Posten auf der Sollseite waren Abbuchungen von Online-Shops.
Plötzlich stutzte Franzi. Bei einer Abbuchung von 500 Euro stand als Verwendungszweck: »Musik-Coaching«. Das klang doch megaverdächtig. Und eine Woche später waren 500 Euro bar abgehoben worden. Franzi guckte auf die Uhr und erschrak:

schon 15:17 Uhr! Wo war nur die Zeit geblieben? Trotzdem blätterte sie weiter. Vielleicht gab es ja noch eine verdächtige Überweisung oder Abhebung. Da hörte sie auf einmal laute Stimmen unten im Flur.

»Nein, danke«, sagte Marie. »Sie müssen sich wirklich nicht die Mühe machen. Die Telefonnummer vom Reitstall hier in der Nähe bekommen wir auch so heraus.«

»Aber das ist doch gar kein Problem«, sagte Frau Ternieden. Ihre Stimme wurde immer lauter. Gleichzeitig hörte Franzi energische Schritte, die die Treppe heraufkamen.

Franzis Herz hämmerte gegen die Brust. Panisch stopfte sie die Kontoauszüge in den Rucksack. Dann sah sie sich verzweifelt um. Flüchten konnte sie nicht mehr, dazu war es zu spät. Also blieb nur verstecken übrig, aber wo? Ihr Blick fiel auf das Sofa. Das war die einzige Rettung. Franzi warf sich auf den Boden und robbte in den schmalen Spalt zwischen Boden und Sofarahmen hinein. Verdammt, war das eng!

»Da sind wir auch schon«, sagte Frau Ternieden und ihre Füße in Hausschuhen traten auf Franzis rechte Hand, die sie nicht rechtzeitig hatte zurückziehen können.

Franzi biss vor Schmerz die Zähne zusammen. Jetzt war alles aus! Frau Ternieden hatte sie entdeckt. Doch die lief seelenruhig weiter zum Computer. Franzi wischte sich den Angstschweiß von der Stirn und lugte unter dem Sofa hervor.

»Wartet, gleich hab ich's«, sagte Frau Ternieden und öffnete eine Suchmaschine. »Hier ist es! *Reiterhof Blumenau*. Vielleicht hat Tinka ja die Pferde gerochen und ist dorthin gelaufen.« Sie kritzelte die Telefonnummer auf einen Zettel und gab ihn Kim.

»Vielen Dank«, sagte Kim.

Marie nickte. »Jetzt haben wir Sie aber lange genug belästigt.«

»Keine Ursache«, sagte Frau Ternieden. »Ich wünsche euch ganz viel Glück, damit ihr bald Geburtstag feiern könnt.«

»Welchen Geburtstag?«, rutschte es Kim heraus.

Frau Ternieden sah sie verwundert an. »Na, Tinkas Geburtstag natürlich!«

Marie sagte schnell: »Leonie ist so durcheinander, jetzt hat sie doch glatt Tinkas Geburtstag vergessen.«

»Ja, ja«, sagte Frau Ternieden, »bei der ganzen Aufregung ist das auch kein Wunder.«

Die drei verließen das Arbeitszimmer und gingen wieder die Treppe hinunter.

Franzi schnappte nach Luft. Das auch noch! Im letzten Moment hätte Kim beinahe alles verpatzt. Franzi robbte ein Stück unter dem Sofa hervor und lauschte. Unten schlug die Haustür zu, dann hörte sie Schritte, die über den Flur in Richtung Küche gingen. Franzi atmete tief durch. Sie musste es riskieren!

Sie wartete noch ein paar Sekunden und lauschte auf die Geräusche aus der Küche. Leise Musik dudelte zu ihr herauf. Frau Ternieden hatte anscheinend das Radio angestellt. Wunderbar!

Franzi rappelte sich hoch, stand auf und rieb sich das schmerzende rechte Handgelenk. Dann holte sie die Kontoauszüge aus ihrem Rucksack und fotografierte die Ausdrucke der letzten vier Wochen. Hastig stopfte sie ihr Handy in den Rucksack

und schlich auf Zehenspitzen zur Tür. Die Musik war jetzt ein bisschen lauter und hinter der halb offenen Küchentür klapperten Töpfe. Franzi tastete sich langsam die Treppe hinunter. Bei jeder Stufe zitterten ihre Knie stärker.
Bei der vorletzten Stufe flog plötzlich die Küchentür auf und Frau Ternieden kam heraus.
Franzi erstarrte. Doch Frau Ternieden bemerkte sie nicht und ging fröhlich pfeifend in den Keller hinunter.
Franzi fiel ein Stein vom Herzen. Schnell flitzte sie zur Haustür.

Recherche mit Hindernissen

Zehn Minuten später lagen die drei !!! völlig erledigt auf Kims Bett.

»Das nächste Mal müsst ihr euch aber jemand anderen für die Stunts suchen!«, sagte Franzi. Bei ihrer überstürzten Flucht durch den Vorgarten hatte sie sich auch noch den linken Ellenbogen an einer Brombeerhecke zerkratzt.

Kim klebte ihr ein Pflaster auf die blutenden Risse. »Es gibt hoffentlich so schnell kein nächstes Mal. Der Psychostress hat mich echt fertiggemacht. Ich wäre fast gestorben, als Frau Ternieden in ihr Arbeitszimmer raufgestürmt ist.«

»Die Gute hat wohl ein Helfersyndrom«, sagte Marie.

Kim kicherte. »Du hast aber auch deine Rolle perfekt gespielt. Am Schluss hab ich es fast selber geglaubt, dass Tinka weg ist.«

»Das wäre schrecklich, macht bitte keine Sprüche darüber!«, sagte Franzi. »Heute Morgen stand sie jedenfalls noch brav in ihrer Box!«

Kim schenkte Cola in drei Gläser. »Aber jetzt erzähl schon! Hast du was gefunden?«

Franzi nickte geheimnisvoll. Dann griff sie in ihren Rucksack und holte das Handy heraus.

Marie pfiff durch die Zähne. »Mannomann! Da warst du ja echt mutig.«

»Von wegen!«, sagte Franzi. »Ich hab mir vor Angst fast in die Hosen gemacht, als Frau Ternieden plötzlich raufkam. Sie hat mich nämlich gerade bei einer interessanten Entdeckung gestört.« Franzi blätterte die Handyfotos durch. »Wo war es gleich noch mal? Ah, hier! Seht euch das an: Vorletzten Mittwoch hat sie 500 Euro für ›Musik-Coaching‹ überwiesen. Der Empfänger ist ein Hans Müller von der Firma *Priori – Uhren und Schmuck*. Das passt doch überhaupt nicht zusammen: ein Uhrenverkäufer, der gleichzeitig Musik-Coaching anbietet?«

Kim lachte. »Na ja, völlig unmöglich ist das nicht, wenn ich da an meine Mutter denke. Die macht auch zwei völlig unterschiedliche Dinge: Sie arbeitet als Grundschullehrerin und organisiert Flohmärkte, um Spenden für Flüchtlinge zu sammeln.«

»Trotzdem«, sagte Franzi. »Ich finde das mehr als seltsam.«

Marie beugte sich zu Franzi hinüber und blätterte zurück.

»Das gibt's nicht! Genau eine Woche danach hat sie 500 Euro abgehoben. Wahrscheinlich hat sie gemerkt, dass es besser ist, das Geld bar zu geben, als zu überweisen, um keine Spuren zu hinterlassen.«

»Tja, aber eine Spur hat sie hinterlassen, ich habe den Kontoauszug mit der Überweisung gefunden!«, sagte Franzi. Fieberhaft gingen sie systematisch die ganzen Handyfotos durch und stießen noch auf eine zweite Überweisung. Wieder lag eine Woche dazwischen und wieder waren Summe und Empfänger identisch.

»Das kann kein Zufall sein«, sagte Kim. »1500 Euro innerhalb von drei Wochen! Zweimal als Überweisung, dann hat sie das Geld in bar abgehoben. So was Ähnliches habe ich mal in einem Krimi gelesen. Da hat der Täter die Bestechungsgelder auch wöchentlich in kleinen Summen überwiesen, um die große Gesamtsumme zu vertuschen.«

»Schade, dass nicht *Youth* die Firma ist«, sagte Marie. »Dann könnten wir Frau Ternieden sofort überführen.«

Franzi seufzte. »Tja, so blöd ist die natürlich nicht. Schließlich kennt sie sich als Maklerin mit Betriebswirtschaft und Recht und dem ganzen Kram aus.«

»Wir müssen weiterrecherchieren«, sagte Kim. »Diese Firma *Priori – Uhren und Schmuck* ist wirklich merkwürdig, da hat Franzi recht.«

»Das ist sicher nur eine Briefkastenfirma«, vermutete Marie. »Das zeigen sie ständig im Fernsehen. Mein Vater hat auch mal eine Folge der *Vorstadtwache* gedreht, wo das vorkam. Jemand, der Bestechungsgelder annimmt oder andere Leute abzocken will, legt sich ein Konto und ein Postfach zu, aber die angebliche Firma dahinter existiert gar nicht. Und wenn sich das Opfer dann beschweren will, findet es bei der Adresse der Firma nur einen Briefkasten in einem ganz normalen Wohnhaus.«

»Wir müssen also herausfinden, ob sich hinter der Tarnfirma tatsächlich *Youth* verbirgt«, sagte Franzi.

Plötzlich schlug sich Kim mit der Hand gegen die Stirn. »Mensch! Warum bin ich da nicht gleich draufgekommen? Ich frage einfach meinen Vater, der kennt sämtliche Uhrenhändler und -firmen der ganzen Stadt und Umgebung. Wenn er die Firma nicht kennt, ist das der Beweis, dass es sie nicht gibt.«
»Eltern sind doch manchmal tatsächlich zu etwas gut«, sagte Franzi.

Sobald Marie und Franzi weg waren, ging Kim hinüber zum Gartenschuppen. Der Zeitpunkt war günstig. Am späten Nachmittag war ihr Vater immer am gesprächigsten. Da hatte er seinen Arbeitstag hinter sich und schon eine Stunde an seinen Kuckucksuhren gebastelt.
Kim klopfte an die Tür.
»Hereinspaziert!«, antwortete ihr Vater. Seiner Stimme nach zu urteilen, schien er gut gelaunt zu sein.
Kim sah sich ein bisschen um und summte dabei leise vor sich hin.
»Na, was gibt's?«, fragte Herr Jülich.
»Ach, nichts«, behauptete Kim. »Ich hab dir nur was mitgebracht.« Sie zog eine Tüte Gummibärchen aus ihrer Hosentasche, die sie sich extra heute bei den Hausaufgaben verkniffen hatte.
Ihr Vater rieb sich den Bauch. »Du bist gemein, du weißt genau, dass ich da nicht widerstehen kann.« Sofort machte er die Tüte auf und stopfte sich eine Handvoll Gummibärchen in den Mund.

»Witziges Teil!«, sagte Kim und deutete auf die knallgelbe Kuckucksuhr, an der ihr Vater gerade bastelte.
Herr Jülich grinste. »Deswegen bist du aber sicher nicht gekommen. Jetzt rück schon raus damit! Wo drückt der Schuh?«
»Ich hab nur zwei kleine Fragen«, sagte Kim. »Kennst du zufällig eine Uhrenfirma, die *Priori – Uhren und Schmuck* heißt?«
Herr Jülich überlegte. »*Priori*? Nie gehört. Wieso willst du das denn wissen?«
Kim wich der Gegenfrage aus. »Den Besitzer kennst du auch nicht? Er heißt Hans Müller.«
Ihr Vater schüttelte den Kopf. »Nein, der Name sagt mir gar nichts, dabei war ich neulich erst wieder auf einem Uhrmacherkongress und hab so ziemlich jeden aus der Branche getroffen. Aber warum interessiert dich das plötzlich?«
»Nur so«, sagte Kim. »Ich muss ein Referat in Physik machen und hab überlegt, ob ich Uhren als Thema wähle. Ich hab mal im Netz gegoogelt und bin auf den Firmennamen gestoßen. Macht nichts! Bestimmt hab ich die falschen Suchbegriffe eingegeben.«
Herr Jülich nickte. »Mag sein. Und du weißt ja: Nicht alles, was im Internet steht, ist auch richtig. Und wenn man mal wirklich eine ganz bestimmte Information braucht, findet man sie oft nicht.«
»Hm«, machte Kim, weil sie keine Lust auf ein Gespräch übers Internet hatte. Ihr Vater konnte sich da manchmal richtig reinsteigern und darüber aufregen, welche Gefahren überall im Netz lauerten.

»Frag lieber mich«, sagte er, »wenn du etwas wissen willst. Ich helf dir gern weiter.«
Kim drückte ihm einen Kuss auf die Stirn. »Lieb von dir, vielen Dank! Aber vielleicht nehme ich ja doch ein anderes Thema.«
Herr Jülich pulte ein rotes Gummibärchen aus der Tüte und steckte es sich in den Mund. »Aber verrate Mama bloß nichts davon!«
Kim lachte. »Versprochen!« Dann verabschiedete sie sich schnell von ihrem Vater, bevor sie sich noch mehr in Notlügen verstrickte.
Als sie zurück zum Haus ging, schwankte sie zwischen Erleichterung und Enttäuschung. *Priori* war also wirklich eine Tarnfirma. Ihr Vater hatte ein phänomenales Namensgedächtnis und kannte seine Branche in- und auswendig. An seiner Aussage gab es nichts zu rütteln. Aber was hieß das jetzt für die Ermittlungen? Sie waren genauso schlau wie zuvor! Wie sollten sie jemals herausfinden, ob *Youth* hinter der Tarnfirma steckte?
Auf ihrem Zimmer schickte Kim eine Nachricht mit der Info ihres Vaters an Marie und Franzi und schrieb am Schluss: *Wie geht's weiter???*
Eine Minute später hatte sie von beiden eine Antwort.

Steh auch grade auf dem Schlauch. Ich denk drüber nach! Die Fotos sind mit einem extra Passwort geschützt. Ich hab sie in einem gesperrten Foto-Ordner auf meinem Handy gespeichert.
Franzi

Haben wir es nicht geahnt mit der Tarnfirma? Wir könnten Kommissar Peters einschalten. Ich frag ihn, ob wir bei ihm im Präsidium vorbeischauen können. Der findet den Namen, der sich hinter der Tarnfirma verbirgt, sicher heraus.
Marie

Sofort schrieb Kim an beide zurück: *Geniale Idee!*

Marie war stolz darauf, dass sie gleich einen Termin bei Kommissar Peters bekommen hatte. Der Kommissar hatte bereits ihren ersten Fall übernommen. Damals war er ziemlich beeindruckt von ihrer tollen Arbeit gewesen.
Als die drei !!! im Präsidium erschienen, begrüßte er sie wie alte Bekannte. »Schön, euch zu sehen! Setzt euch doch. Cola gefällig?«
Die drei !!! nickten.
Kommissar Peters schenkte ihnen ein und holte sich selber einen Kaffee. »Marie wollte am Telefon nicht erzählen, worum es geht, aber ich nehme stark an, dass ihr an einem neuen Fall dran seid.«
»Stimmt«, sagte Kim. »Im Moment können wir noch nichts Genaues verraten, weil wir mitten in den Ermittlungen stecken. Nur so viel: Wir haben eine heiße Spur und es geht um Bestechung. Leider fehlt uns der entscheidende Beweis.«
Kommissar Peters grinste. »Das kenne ich! Da braucht man viel Geduld und darf sich nicht von der Spur abbringen lassen.«
»Deshalb sind wir heute auch hier«, sagte Marie.

Franzi aktivierte den gesperrten Foto-Ordner und gab dem Kommissar ihr Handy. »Dieses Material haben wir zufällig in die Hände bekommen. Uns sind zwei Abbuchungen aufgefallen, an denselben Empfänger. Wir wissen, dass es sich bei *Priori* um eine Tarnfirma handelt, aber wir konnten leider nicht herausfinden, wer dahintersteckt. Können Sie uns da weiterhelfen?«

Kommissar Peters sah sich die Fotos der Kontoauszüge genauer an, dann musterte er die drei !!! über den Rand seiner Brille hinweg. »*Zufällig* habt ihr die Auszüge in die Hände bekommen?«

»Ja«, sagte Franzi mit fester Stimme und Marie nickte dazu. Nur Kim bückte sich schnell, um ihre Schuhbänder neu zu binden, obwohl sie gar nicht offen gewesen waren.

Die drei !!! hatten vereinbart, dem Kommissar lieber nichts von ihrer Hausdurchsuchung zu erzählen. Schließlich wussten sie nur zu gut, dass sie sich da in einem illegalen Bereich bewegt hatten.

»Ich würde euch wirklich gern helfen«, sagte Kommissar Peters, »aber leider kann ich das Bankgeheimnis nicht umgehen.«

»Bankgeheimnis?«, fragte Franzi. »Das gilt doch nicht für die Polizei!«

»Leider schon«, sagte Kommissar Peters. »Um an die Stammdaten des Empfängers zu kommen, muss die Polizei in einem bereits laufenden Ermittlungsverfahren einen konkreten Verdacht haben. Und da es hier nicht um einen Fall der Polizei geht, sind mir die Hände gebunden.«

Die drei !!! sahen sich enttäuscht an.
»Können Sie nicht für uns eine Ausnahme machen?«, versuchte Marie es noch mal. »Bitte!«
Doch ihr Versuch prallte am Kommissar ab. »Nein! Und dabei bleibt es auch. Ihr müsst einen anderen Weg finden, eure Spur zu verfolgen. Wollt ihr mir nicht doch etwas mehr von eurem Fall erzählen? Vielleicht kann ich euch ja einen anderen Tipp geben, der euch weiterbringt?«
Die drei !!! tauschten einen Blick und waren sich schnell einig.
»Nein, danke«, sagte Kim.
»Danke, dass Sie sich für uns Zeit genommen haben«, sagte Marie.
Die drei !!! standen auf und verabschiedeten sich von Kommissar Peters.
Der lächelte sie an. »Nichts für ungut. Ihr könnt jederzeit kommen und mich oder meinen Kollegen, Polizeimeister Conrad, um Rat fragen. Auch Polizeiobermeisterin Scheider gibt euch gerne Auskunft. Und bitte kommt, *bevor* es gefährlich wird!«
»Klar«, murmelte Franzi.
»Ich bin schon sehr gespannt auf euren neuen Fall«, sagte Kommissar Peters. »Wer weiß, vielleicht sehen wir uns ja schon bald wieder?«
»Ja, wer weiß«, sagte Marie, aber eigentlich glaubte sie nicht so recht daran. Sie waren mit dem Fall in einer Sackgasse gelandet.

Treffen der Komplizen

Kim drehte ihr Handy in der Hand herum und starrte auf die Nummer auf dem Display. Sollte sie anrufen oder doch lieber nicht? Schon ewig hatte sie nichts mehr von Michi gehört. Das letzte Mal hatte sie ihn bei Franzi gesehen, als er ihnen geholfen hatte, den Pferdeschuppen auszumisten. Und jetzt brauchte sie Michi für ihren Plan. Aber vielleicht hatte er ja keine Zeit …
Kim seufzte. Michi fehlte ihr!
Da klopfte es an die Tür und die Zwillinge stürmten ins Zimmer. »Dürfen wir an deinen Computer?«, bettelte Lukas.
»Nur für fünf Minuten!«, sagte Ben. »Wir versprechen dir auch, dass wir nie wieder in dein Zimmer gehen, wenn du nicht da bist. Und von Michi reden wir auch nie mehr.«
Kim schüttelte den Kopf. »Kommt nicht infrage. Das hättet ihr euch früher überlegen müssen.«
»Manno!«, sagte Ben. »Es tut uns leid.«
»Entschuldige!«, sagte Lukas.
Die Zwillinge guckten Kim mit kullerrunden, unschuldigen Augen an.

Aber Kim fiel nicht darauf herein. »Eure Entschuldigung nehme ich gerne an, aber jetzt müsst ihr trotzdem gehen. Ich hab zu tun.«
»Schreibst du wieder in dein geheimes Tagebuch?«, fragte Ben.
Kim verschränkte die Arme vor der Brust und schwieg. Daraufhin zogen sich die Zwillinge endlich zurück. Sie sperrte die Tür hinter ihnen zu. Dann gab sie sich einen Ruck und drückte Michis Namen.
Schon nach dem zweiten Freizeichen ging Michi dran. »Hallo?«
Es war schön, seine Stimme zu hören. Kim holte tief Luft. »Ich bin's, Kim. Hast du kurz Zeit?«
»Klar«, antwortete Michi. »Worum geht's denn?«
»Um einen neuen Fall«, sagte Kim. »Du musst aber alles, was ich dir erzählen werde, für dich behalten, okay?«
»Ehrenwort!«, sagte Michi.
Kim berichtete in groben Zügen von ihrem Verdacht, was sie bisher herausgefunden hatten und von den Kontoauszügen. »Keiner kann uns weiterhelfen, aber wir haben eine Idee und da kommst du ins Spiel, Michi!« Kim machte eine kurze Pause.
»Klingt ja spannend«, meinte Michi. »Ich bin natürlich gerne dabei.«
»Super«, sagte Kim, »aber natürlich nur, wenn du Zeit und Lust hast.«
Michi lachte. »Natürlich hab ich Lust. Und Zeit hab ich auch. Die Eisdiele, in der ich gejobbt hab, hat letzte Woche geschlossen, wegen Winterpause.«

Kim freute sich riesig. »Du bist unsere Rettung! Also, wir brauchen jemand, den Frau Ternieden noch nicht kennt und bei dem sie nicht misstrauisch wird. Wir haben uns Folgendes überlegt ...«

Michi hörte geduldig zu. »Der Plan klingt super. Und wann soll das Ganze steigen?«

»Morgen um 14 Uhr«, sagte Kim.

»Gut«, sagte Michi. »Ihr könnt euch auf mich verlassen.«

»Danke!«, rief Kim erleichtert.

Punkt 14 Uhr saßen die drei !!! mit Sonnenbrillen im *Café Lomo,* nippten an ihren Colagläsern und raschelten mit ihren Zeitungen. Um diese Zeit war das Café fast leer. Nur ein verliebtes Pärchen und ein Mann um die fünfzig saßen da. Die Bedienung, eine junge Studentin, gähnte gelangweilt vor sich hin. Die drei !!! dagegen waren hellwach.

»Hoffentlich geht Frau Ternieden heute auch aus dem Haus«, sagte Franzi.

»Garantiert«, sagte Marie. »Heute ist doch wieder Zahltag. Und sie wird bestimmt das Geld wieder abheben und nicht mehr überweisen.«

Franzi trommelte mit den Fingern auf den Tisch. »Wenn wir doch wenigstens etwas tun könnten! Stattdessen müssen wir hier hilflos herumsitzen und warten.«

»Michi ist absolut zuverlässig«, sagte Kim. »Er wird garantiert das Richtige tun.«

»Hoffentlich«, seufzte Marie. »Vielleicht hätten wir doch lie-

ber Stefan fragen sollen. Schließlich ist er schon achtzehn und Michi ist erst sechzehn.«
Kim guckte Marie verblüfft an. »Wir waren uns doch einig, dass Michi besser geeignet ist. Mit seinen Sommersprossen und dem süßen Lächeln sieht er viel harmloser und netter als Stefan aus.«
»Jetzt lasst uns mal auf unsere Mission konzentrieren!«, rief Franzi.
In dem Moment klingelte Kims Handy. Sofort ging sie ran.
»Hallo? ... Michi! ... Okay ... Alles klar ... Was? In zehn Minuten? Verstanden. Wir übernehmen. Bis später, ciao, Michi!«
»Was hat er gesagt?«, fragte Marie neugierig.
»Du siehst auf einmal so blass aus!«, rief Franzi besorgt.
Kim schluckte. »Frau Ternieden hat tatsächlich wieder 500 Euro abgehoben. Michi stand neben ihr am Überweisungsterminal und konnte ihr über die Schulter sehen, ohne dass sie es gemerkt hat. Aber jetzt kommt der Hammer: Er hat zugehört, wie Frau Ternieden gerade am Handy mit jemandem gesprochen hat. Sie trifft sich mit dieser Person in zehn Minuten hier im *Café Lomo*. Und sie will angeblich über das Musik-Coaching reden!«
Franzis Augen blitzten. »Das ist doch wunderbar! Wir bekommen Michael Martens und Frau Ternieden auf dem Präsentierteller serviert. Jetzt brauchen wir uns nur noch in die Sofaecke dahinten zurückzuziehen und die beiden belauschen.«
»Geniale Idee!«, rief Marie.
Schnell sprang Kim auf. »Ich bezahle schon mal unsere Ge-

tränke. Dann verlieren wir hinterher keine Zeit, falls wir Frau Ternieden nach dem Treffen beschatten wollen.«

»Aber beeil dich!«, sagte Franzi.

»Klar.« Kim düste los.

Marie und Franzi wechselten in die Sofaecke hinüber und kuschelten sich so tief wie möglich in die Polster, damit man sie nicht sehen konnte. Dann saßen sie wie auf heißen Kohlen und schauten immer wieder nervös zum Tresen hin. Die Bedienung ließ Kim warten und brauchte dann ewig, bis sie das Wechselgeld aus ihrer Börse zusammengesucht hatte. Endlich kam Kim und ließ sich in die Sofaecke plumpsen.

»Gleich kann's losgehen!« Rasch öffnete sie auf ihrem Handy die Kamera-App, wählte die Videofunktion aus und hielt den Daumen einsatzbereit über dem Start-Button.

Marie beobachtete inzwischen die Bedienung. Die gähnte immer noch ständig und interessierte sich überhaupt nicht für die drei !!!. Da tauchte Frau Ternieden im Türrahmen auf.

»Feind in Sicht!«, flüsterte Marie und zog schnell ihren Kopf zurück.

Kim startete die Videoaufnahme.

»Wo wollen wir uns hinsetzen?«, fragte Frau Ternieden.

»An die Bar?«, antwortete eine Frauenstimme.

Die drei !!! sahen sich verblüfft an. Das war gar nicht Michael Martens, das war Terry! Marie musste grinsen. Sie hatte also doch recht behalten. Michael war nicht bestechlich. Aber Terry hätte sie so was auch nicht zugetraut. Hatte Michael deswegen auf der Party mit Terry gestritten?

Die Frauen ließen sich auf den Barhockern nieder. Sie hätten keinen günstigeren Platz auswählen können. So schauten sie auf das Regal mit den Flaschen und nahmen die Umgebung kaum wahr. Kim hob langsam ihr Handy und tat so, als ob sie Selfies machen würde. Frau Ternieden und Terry stießen gerade mit Sektgläsern an.

»Auf unseren Deal!«, sagte Terry.

»Auf Julia und Jette!«, sagte Frau Ternieden und schob Terry einen Umschlag zu. »Die beiden werden bald ganz große Stars. Vielen Dank noch mal für Ihre Hilfe! Hier ist die fällige Rate.«

Terry nickte und steckte den Umschlag in ihre Handtasche. Franzi schoss mit ihrem Handy zusätzlich Beweisfotos von der Geldübergabe.

»Sehr schön«, sagte Terry. »Dann will ich Sie mal nicht länger auf die Folter spannen. Die zweite Castingrunde wird ein bisschen anders als die erste ablaufen.«

»Inwiefern?«, fragte Frau Ternieden.

»Also«, begann Terry. »Ihre Töchter haben ja wie alle anderen Kandidatinnen einen Brief bekommen, in dem steht, dass sie für das zweite Casting einen Song vorbereiten sollen.«

»Ja, genau«, sagte Frau Ternieden. »Ich habe mit Jette und Julia auch was ganz Tolles einstudiert …«

Terry unterbrach sie: »Vergessen Sie es, egal, was Sie mit den beiden einstudiert haben. Wir werden unsere Bewerberinnen nämlich mit einer Überraschung konfrontieren. *Afternoon* hat extra einen Song komponieren lassen, den die Band später auf dem Sender singen soll. Jeweils vier Bewerberinnen und Bewerber bekommen Text und Noten vorgelegt, müssen selbstständig die Stimmen verteilen und den Song spontan vom Blatt singen. Wir wollen sehen, wie gut die Kandidatinnen und Kandidaten das können und wie sie mit so einer Stresssituation umgehen. Dabei können sich auch die Jugendlichen hervortun, die Führungsqualitäten haben.«

Frau Ternieden stürzte den Rest ihres Sekts hinunter. »Das ist nicht Ihr Ernst, oder?«

»Doch«, sagte Terry. »Der Song ist übrigens rhythmisch gar nicht leicht und hat in der Melodie größere Tonsprünge drin. Aber keine Panik! Jette und Julia müssen nicht wie die anderen ins kalte Wasser springen. Ich hab den Song dabei.« Sie holte ein Blatt Papier aus der Tasche und gab es Frau Ternieden.

Wieder machte Franzi davon viele Fotos.

»Tausend Dank«, sagte Frau Ternieden und überflog das Notenpapier. »Der Song hat es echt in sich! Sie haben mir einen großen Gefallen getan. Ich werde dafür sorgen, dass Jette und Julia den Song im Schlaf singen können! Und Jette wird die Führung innerhalb der Gruppe übernehmen, sie ist geradezu geschaffen dafür.«

»Aber passen Sie auf«, sagte Terry. »Es darf nicht zu perfekt rüberkommen, sonst fällt es sofort auf.«

Frau Ternieden lächelte. »Verstehe. Verlassen Sie sich ganz auf mich, ich werde das perfekt ... das heißt natürlich nicht ganz perfekt umsetzen. Kein Mensch wird merken, dass meine Töchter den Song vorher schon mal gesehen haben.«

»Ach, und noch etwas«, sagte Terry. »Es ist zwar eine langsame Ballade, aber *Afternoon* möchte, dass sie frech und ein bisschen rockig rüberkommt.«

»Alles klar«, sagte Frau Ternieden. »Kein Problem.« Plötzlich stand Terry auf. Kim duckte sich gerade noch rechtzeitig mit ihrem Handy.

Frau Ternieden gab Terry die Hand. »Ich weiß gar nicht, wie ich Ihnen danken soll!«

Terry winkte ab. »Keine Ursache. Also dann, viel Erfolg!« Ohne zu bezahlen, verließ sie schnell das Lokal.

Frau Ternieden starrte ihr noch eine Weile nach. Dann drehte sie sich um, bezahlte die Rechnung und ging ebenfalls.

Kim drückte auf die Stopptaste der Videoaufnahme und die drei !!! tauchten wieder von ihrem Sofa auf. Sie waren sich einig, dass sie sich eine weitere Beschattung von Frau Ternieden oder Terry sparen konnten.

»Ich glaub's einfach nicht!«, murmelte Kim. »Wir waren die ganze Zeit hinter dem Falschen her.«

Marie grinste. »Das hab ich euch doch gleich gesagt!«

»Wir haben den Fall gelöst«, rief Franzi. »Das Beweismaterial reicht dicke, um die Betrügerinnen anzuzeigen.«

Marie klopfte Kim auf die Schulter. »Das glaube ich allerdings auch. Tolle Arbeit, Kim! Richtig professionell.«

»Danke«, sagte Kim. »Meine Mutter ist zum Glück heute Nachmittag und Abend bei einer Konferenz in der Schule. Sie wird gar nicht merken, dass ich nicht zu Hause bin. Wir können sofort weiterermitteln.«

»Gehen wir jetzt zu Kommissar Peters?«, fragte Franzi.

»Ja, klar«, sagte Kim.
Doch Marie hielt sie am Arm zurück. »Wartet! Wir wollen uns doch die ganz große Show nicht entgehen lassen! Übermorgen ist die zweite Castingrunde. Da können wir Terry und Frau Ternieden auf frischer Tat ertappen und nebenbei auch noch Jette und Julia einen Denkzettel verpassen, den sie garantiert ihr ganzes Leben lang nicht vergessen werden.«
»Du willst dich an ihnen rächen, gib's zu!«, sagte Kim.
Marie grinste verschwörerisch. »Die beiden haben mich lange genug genervt. Es gibt mir nicht um Rache, ich will einfach nur Gerechtigkeit!«
Franzi kicherte. »Ehrlich gesagt, freu ich mich auch schon auf die Gesichter von Jette und Julia. Und ich finde, alle anderen Kandidaten und Kandidatinnen sollten auch mitkriegen, dass das Casting nicht fair abläuft. Sicher gibt es viele, die genau wie Marie gut singen, aber trotzdem nicht in die nächste Runde kommen.«
»Muss das wirklich sein?«, fragte Kim. »So ein Casting ist doch ein Riesenrummel. Alle werden uns anstarren und wir müssen vor laufenden Kameras mitten in das Casting platzen.«
»Ist doch super«, sagte Marie. »Dann werden die drei !!! endlich berühmt.«
Kim schüttelte den Kopf. »Na toll, und wenn uns jeder kennt, können wir in Zukunft nicht mehr ungestört ermitteln.«
»Da ist was dran«, sagte Franzi.
Marie schnippte mit den Fingern. »Ich hab's! Vor laufender Kamera sagen wir natürlich nicht, dass wir ein Detektivclub

sind. Und Kommissar Peters muss uns auch versprechen, dass er nichts davon in die Zeitung bringt. So wird zwar jeder von uns hören und lesen, aber keiner wird erwarten, dass wir andere Fälle lösen. Wir sind eben rein zufällig auf diesen Betrug beim Casting gestoßen, weil ich selbst betroffen war.«

Kim zögerte. Sie fand die Lösung immer noch nicht toll. Am meisten störte sie daran, dass sie im Mittelpunkt stehen würde. Neben Lügen gab es nichts, was sie mehr hasste als das.

»Bitte!«, sagte Marie und breitete beide Arme aus.

Kim musste lachen. »Okay. Ihr habt mich überstimmt.«

»Und jetzt gehen wir zu dir«, sagte Franzi, während sie in ihre Jacke schlüpfte. »Ich will unbedingt die Videos anschauen und die Fotos sehen. Zum Glück war das Café fast leer und der Geräuschpegel nicht hoch. Die Tonqualität der Filme müsste ausreichen.«

Kim nickte. »Aber nur unter einer Bedingung: Michi muss bei unserem Treffen auch dabei sein. Schließlich haben wir es ihm zu verdanken, dass wir jetzt das Geständnis der beiden vorliegen haben.«

»Klar«, sagte Marie. »Ruf deinen Michi schon mal an!«

Eine Stunde später drängelten sich Michi und die drei !!! vor Kims Computer, nachdem sie sich die Videos mit dem Beweismaterial angeschaut hatten. Im Hintergrund rauschte es zwar etwas und die Bedienung klapperte zwischendurch mit Geschirr, aber man konnte trotzdem jedes Wort der beiden Frauen verstehen.

Jetzt spielte Kim Franzis Fotos auf ihren Computer und klickte auf »Diashow«. Da erschien auch schon das erste Bild: Frau Ternieden und Terry mit ihren Sektgläsern. Der Hintergrund war zwar etwas dunkel, doch die Personen waren scharf und gut zu erkennen.

»Wow!«, rief Michi. »Die Fotos sind ja toll geworden. Und hier sieht man, wie Terry den Umschlag nimmt und einsteckt.«

Franzi freute sich. »Danke. Leider konnte ich keinen Blitz verwenden, das wäre zu sehr aufgefallen.«

»Das macht überhaupt nichts«, sagte Michi, während ein Bild nach dem anderen auf dem Bildschirm erschien. »Die Fotos sind super. Und deine Videos finde ich richtig gut, Kim.«

»Echt?«, fragte Kim und wurde ein bisschen rot.

»Ja, klar«, sagte Michi. »Du solltest in zwei, drei Jahren Influencerin werden.«

Franzi legte den Arm um Kim. »Nichts da! Später werden die drei !!! Profidetektivinnen und Kim leitet unser Detektivbüro. Filme wird sie natürlich weiterhin drehen, aber nur für unsere Detektivarbeit.«

Kim machte sich lachend von ihrer Freundin los. »Mal sehen, was die Zukunft so bringt! Vielleicht werde ich später ja doch Krimiautorin.«

Michi sah sie interessiert an. »Du schreibst, du drehst Filme und kennst dich mit Technik aus? Jetzt bin ich echt geplättet. Kim, du bist ein Genie!«

»Hör bloß auf!«, sagte Kim, aber dabei lächelte sie Michi glücklich an.

Sorgen um Franzi

Geheimes Tagebuch von Kim Jülich
Mittwoch, 19:32 Uhr

► Stopp! Nicht weiterlesen. Du möchtest schließlich auch nicht, dass jemand dein geheimes Tagebuch liest, oder? ◄

Michi hat mich gelobt, er hat mir Komplimente gemacht!

Ich glaube, er bewundert mich wirklich. Er war ehrlich überrascht und begeistert. Wie er mich angelächelt hat! Verrückt, dass ein ganz normaler Junge mich so durcheinanderbringen kann! Das ist mir vorher noch nie passiert.

Also eigentlich müsste das doch klappen. Wir mögen uns offensichtlich, wir machen immer öfter was miteinander, wir verlieben uns ... Na ja, ich muss zugeben, dass ich schon verliebt bin. Und Michi? Das werde ich bestimmt noch herausfinden. Schließlich bin ich eine clevere Detektivin. Mir entgeht so schnell nichts. Und geduldig bin ich auch, also meistens. Obwohl, was Michi betrifft, eher weniger!

Jetzt höre ich aber auf zu schreiben, bevor meine Gefühle noch mehr durcheinanderwirbeln.

Bis bald, Michi!

Ein bisschen mulmig war Marie schon, als sie am nächsten Nachmittag bei Ramona klingelte. Andererseits wollte sie es endlich hinter sich bringen. Entschlossen drückte sie auf die Klingel.
Ramona machte die Tür auf. »Du? Das ist ja eine Überraschung.«
»Kann ich reinkommen?«, fragte Marie.
Ramona nickte. »Klar. Du kommst gerade richtig. Meine Nerven liegen schon wieder total blank. Ich hab das Gefühl, ich kann überhaupt nicht singen.«
»So ein Quatsch!«, meinte Marie und folgte Ramona hinauf in ihr Zimmer.
Dort war das Chaos ausgebrochen. Überall auf dem Boden verstreut lagen Noten, Kleider und Schuhe. Nur der Raum rund ums Keyboard war frei.
Ramona setzte sich sofort an ihr E-Piano und schlug ein paar Takte an. »Hör mal, soll ich diesen Song nicht doch noch nach unten transponieren? Dann fühle ich mich wohler. Meine Mutter ist natürlich dagegen, die will, dass ich so hoch singe wie möglich.«
Marie legte Ramona die Hand auf die Schulter. »Du, ich muss dir was Wichtiges sagen.«
Ramona klimperte weiter auf dem Keyboard herum. »Jetzt nicht.«
Aber Marie ließ nicht locker. »Bitte!«
Da hörte Ramona endlich auf zu spielen. »Du siehst ja so ernst aus. Was ist los? Ist was Schlimmes passiert?«

»Nein«, sagte Marie. »Ich muss dir nur was beichten.« Ramona sah sie fragend an. »Dann leg mal los. Ich reiß dir schon nicht den Kopf ab.«
Marie holte tief Luft und fing an: »Du hast dich sicher gewundert, warum ich in letzter Zeit so komisch zu dir war und dir dauernd ausgewichen bin.«
»Na ja«, sagte Ramona. »Ich dachte, es ist dein Frust wegen des Castings.«
»Nein«, sagte Marie. »Mein Frust hat zwar auch mit reingespielt, aber eigentlich gab es einen anderen Grund. Kim, Franzi und ich sind bei der ersten Castingrunde auf etwas gestoßen. Wir hatten plötzlich den Verdacht, dass da was falsch läuft. Genauer gesagt, dass jemand die Jury besticht, um weiterzukommen. Zuerst haben Kim und Franzi gedacht, dass deine Mutter versucht hat, Michael Martens zu bestechen.«
»Was?«, rief Ramona. »Ticken die nicht richtig?«
»Das hab ich ihnen am Anfang auch gesagt«, antwortete Marie. »Aber dann haben sie mir erzählt, dass deine Mutter einen Termin mit Michael Martens ausgemacht hat. Und ab dem Moment war ich mir nicht mehr so sicher.«
Ramona schnappte nach Luft. »Du denkst, meine Mutter ist eine Verbrecherin?«
»Jetzt nicht mehr«, sagte Marie, »und es tut mir auch total leid, dass ich sie überhaupt verdächtigt habe. Inzwischen weiß ich – wissen wir –, dass deine Mutter unschuldig ist.«
»Na toll!«, sagte Ramona. »Da hab ich ja gerade noch mal Glück gehabt, dass ihr sie nicht hinter Gitter gebracht habt.«

Marie biss sich auf die Lippe. »Entschuldige! Es tut mir wirklich leid, das musst du mir glauben. Aber Kim, Franzi und ich ... na ja, wir haben inzwischen die Wahrheit herausgefunden. Erinnerst du dich an Julia und Jette Ternieden?«
»Die unmusikalischen Schwestern?«, fragte Ramona.
Marie nickte. »Ihre Mutter hat Terry aus der Jury bestochen.«
»Das gibt's nicht!«, rief Ramona. »Woher wollt ihr das wissen?«
»Wir haben eindeutige Beweise«, sagte Marie. »Mehr kann ich dir heute leider noch nicht verraten. Aber wir werden morgen bei der zweiten Castingrunde Frau Ternieden und Terry entlarven.«
Ramona schüttelte den Kopf. »Ehrlich gesagt wird mir das alles gerade zu viel. Seid ihr Profischnüfflerinnen oder so was? Vermutet ihr bei allen Leuten immer das Schlimmste?«
»Nein«, sagte Marie. »Wir interessieren uns nur für Krimis und Detektivsachen und so.« Bewusst vermied sie es, den Detektivclub zu erwähnen. »Kannst du mir verzeihen? Ich wollte dich nicht verletzen und deine Mutter wollte ich auch nicht in Schwierigkeiten bringen – ehrlich!«
Ramona starrte Marie an und schwieg.
»Bitte, sag doch was!«, rief Marie.
Ramona schwieg immer noch. Dann endlich meinte sie: »Du bist echt durchgeknallt, aber ich mag dich trotzdem.« Marie fiel ein Riesenstein vom Herzen. »Danke!«
»Schon gut«, sagte Ramona. »Und was heißt das jetzt? Werden Jette und Julia wirklich von der Jury bevorzugt?«

»Ja«, sagte Marie. »Aber mach dir keine Sorgen, wir werden morgen dafür sorgen, dass das ein Ende hat und das Casting fair weiterläuft. Du hast also nach wie vor gute Chancen, in die letzte Runde zu kommen.«

Ramona stöhnte. »Ich bin doch eh schon so aufgeregt, und dann auch noch dieser Betrug! Braucht ihr eigentlich Hilfe oder wollt ihr das wirklich allein durchziehen?«

»Entspann dich«, sagte Marie. »Du musst gar nichts tun, das heißt, du musst einfach nur singen!«

Für eine Sekunde überlegte sie, ob sie Ramona doch noch von dem Überraschungssong erzählen sollte, aber dann blieb sie stark. Sie wollte sich auf keinen Fall von Terry und Frau Terniden anstecken lassen. Wenn Ramona gewinnen würde, dann sollte sie auch unter absolut fairen Bedingungen gewinnen.

»Ich muss dir übrigens auch was beichten«, sagte Ramona.

»Was denn?«, fragte Marie verwundert.

»Egal, wie das Casting laufen wird«, erzählte Ramona. »Ich werde weiter an meiner Karriere arbeiten und meine Mutter hilft mir dabei. Ich werde ein Demo-Album produzieren, solo, ohne Band. Mama bezahlt die Kosten und wir gehen ins Studio von …«

»… Michael Martens?«, beendete Marie den Satz.

Ramona nickte. »Erraten! Klingelt es jetzt bei dir?«

»Logisch«, sagte Marie. »Deshalb war deine Mutter also bei *Youth*!«

Ramona grinste. »Ja, sie hatte ein erstes Gespräch mit ihm. Michael Martens hat ihr einen Kostenvoranschlag gemacht

und ihr Infos gegeben, wie so eine Aufnahme im Studio abläuft.«
»Das ist ja toll«, sagte Marie. »Und wann soll's losgehen?«
Ramona zuckte mit den Schultern. »Das hängt noch vom Casting ab. Wenn ich nicht weiterkomme, gehen wir sicher früher ins Studio, wenn doch, übernimmt ja vielleicht *Afternoon* die Promotion.«
»Ramona, der neue Star am Pophimmel!«, rief Marie begeistert.
»Hör auf!«, sagte Ramona. »Meine Mutter redet auch ständig davon. Sie will mich ganz groß rausbringen und ist total hinterher, dass ich auch ja meine drei Stunden am Tag übe.«
Marie riss die Augen auf. »So viel? Ist das nicht megastressig?«
»Ich kenne es nicht anders«, sagte Ramona. »Aber lass uns von etwas anderem reden. Wie findest du eigentlich den Song, den ich ausgesucht habe?«
»Toll!«, sagte Marie. »Lass doch mal hören!«
Ramona drehte sich wieder zum Keyboard um und fing an zu spielen. Schon beim ersten Takt stieg sie voll in den Rhythmus ein. Marie wippte automatisch mit der Zehenspitze im Takt mit. Dann sang Ramona. Sie interpretierte den Song ganz anders als im Original und kam doch genauso selbstbewusst, wütend und gleichzeitig verletzlich rüber wie die Sängerin aus den USA. Nur zweimal traf sie einen Ton nicht richtig, aber ansonsten sang sie das Lied flüssig durch.
Am Schluss klatschte Marie in die Hände. »Bravo!«
»War es okay?«, fragte Ramona.

»Okay?«, rief Marie. »Du warst superspitzenklasse!« Ramona lachte.

Da klopfte es an der Tür und ihre Mutter kam herein. »Schatz, lass uns noch mal die Performance durchgehen.«

Sofort verging Ramona das Lachen. »Muss das sein?«

»Ja, das muss sein«, sagte Frau Freiberg. »Ach – du hast Besuch? Marie, schön dich mal wiederzusehen. Wie geht es deinem Vater?«

»Gut«, sagte Marie. »Ich geh dann mal.«

»Bist du morgen da und drückst mir die Daumen?«, fragte Ramona.

Marie nickte. »Ich bin da, darauf kannst du dich verlassen, hundertprozentig.«

Detektivtagebuch von Kim Jülich
Donnerstag, 16:34 Uhr

Ich bin am Ende! Zwei Jobs parallel – Schule und Detektivarbeit – stressen auf Dauer total. Vor allem, wenn einem die Zeit davonläuft. Morgen ist schon die zweite Castingrunde und bis dahin muss alles perfekt sein. Obwohl wir uns die Arbeit aufgeteilt haben, blieb doch wieder das meiste an mir hängen. Heute hab ich ein paar Standbilder meiner Filme gemacht. Die Filme hab ich gespeichert und die Links dazu an Kommissar Peters verschickt.

Mama hat wirklich nicht gemerkt, dass ich zurzeit nicht so viel lerne wie sonst. Sie hat zum Glück immer noch viel in der Schule zu tun.

Marie hat Kommissar Peters informiert. Der wollte natürlich noch alle technischen Details wissen und hat wieder mich angerufen.

Bei der Vorstellung, morgen im Rampenlicht zu stehen, wird mir immer noch schlecht. Am liebsten würde ich einen Klon von mir hinschicken oder Marie damit beauftragen, dass sie als »Sherlock Holmes« allein den Fall auflöst. Aber das geht natürlich nicht. Schließlich sind wir die drei !!! und nicht ein ! oder zwei !!.
Hoffentlich klappt alles! Und hoffentlich kommt uns nicht irgendetwas dazwischen. In Krimis ist das ja häufig so, dass kurz vor der Auflösung etwas völlig Unvorhergesehenes passiert, das den Detektiv total aus dem Konzept bringt. Stopp! Was sagt Mama immer? Ich soll nicht so pessimistisch sein.
Also gut: Wir werden den Fall erfolgreich zu Ende bringen, aus einem ganz einfachen Grund: Die drei !!! sind gut, die drei !!! sind besser, die drei !!! sind unschlagbar!

Kaum hatte Kim den Eintrag beendet und ihren Computer heruntergefahren, klingelte ihr Handy.
»Hallo? Ach, du bist es, Franzi. Wie geht's dir?«
»Schlecht!«, sagte Franzi.
Kim fiel fast ihr Telefon aus der Hand. »Was sagst du? Ist was passiert?«
»Allerdings«, antwortete Franzi. »Tinka hat mich abgeworfen.«
»Bist du verletzt?«
Franzi seufzte. »Ich glaub, ich hab mir den Knöchel gebrochen. Es tut sauweh, wenn ich ihn bewege.«
»Oh nein!«, rief Kim. »Warst du schon beim Arzt?«
»Mama fährt mich gleich ins Luisen-Krankenhaus«, erzählte Franzi, »zur Ambulanz.«
Kim sah auf ihre Armbanduhr. Bis zum Abendessen hatte sie noch zwei Stunden Zeit und das Luisen-Krankenhaus war nur

zehn Minuten mit dem Rad entfernt. »Ich komme zur Ambulanz.«
»Danke!«, sagte Franzi. Ihre Stimme klang ganz schwach. »Dann bis bald.«
»Bis gleich«, sagte Kim und legte auf.
Auf der Treppe kamen ihr die Zwillinge entgegen.
»Wo willst du hin?«, fragte Lukas.
»Fährst du zu Michi?«, wollte Ben wissen.
Kim stöhnte. »Nein! Franzi hat sich den Knöchel gebrochen. Ich fahr kurz ins Krankenhaus. Richtet Mama aus, dass ich zum Abendessen wieder da bin.«
»Okay«, sagte Ben. »He, warte, dürfen wir mit?«
»Au ja!«, sagte Lukas. »Ich wollte schon immer mal einen zersplitterten Knochen sehen.«
Kim schnappte sich ihren Anorak. »Ihr bleibt hier!«
Dann schlug sie die Tür hinter sich zu und schwang sich aufs Rad. Schneeflocken rieselten vom Himmel herunter und ein eisig kalter Wind fegte durch die Straßen. Kim spürte die Kälte nicht. Sie musste dauernd an Franzi denken. Hoffentlich war der Knöchel nicht gebrochen! Das wäre eine Katastrophe, Franzi musste doch morgen einsatzbereit sein! Warum hatte sie nur in ihrem Detektivtagebuch den Teufel an die Wand gemalt?
Kim trat kräftig in die Pedale und überholte jeden Radfahrer auf dem Fahrradweg. Wenn das so weiterging mit dem Detektivclub, würde sie doch noch fit werden. Kim schaffte die Strecke in der Rekordzeit von acht Minuten.

Als sie im Wartebereich der Ambulanz ankam, sah sie Franzi schon von Weitem. Sie stützte sich gerade auf die Schulter ihrer Mutter und humpelte in Richtung Untersuchungszimmer.
»Hi, Franzi!«, rief Kim ihr entgegen.
»Hi!«, antwortete Franzi und hob das Gesicht. Kim erschrak, wie blass ihre Freundin um die Nase war.
Frau Winkler lächelte Kim freundlich an. »Schön, dass du da bist. Mach dir keinen Kopf, Kim! Es wird alles wieder gut.«
Kim nickte und spürte, wie ihre Angst ein bisschen weniger wurde. Franzis Mutter wirkte in ihrer warmherzigen, zupackenden Art wie eine Beruhigungstablette. Kim folgte ihr und Franzi ins Untersuchungszimmer.
»Kommt nur herein«, sagte die Ärztin, eine junge Frau mit langen, schwarzen Haaren.
»Ich bin Dr. Yilmaz.« Sie begrüßte Franzi, ihre Mutter und Kim herzlich und deutete dann auf die Untersuchungsliege.
Franzi setzte sich. »Ich glaube, ich hab mir den Knöchel gebrochen. Mein Pony hat mich abgeworfen. Das macht Tinka fast nie, aber da lag eine Plastiktüte am Boden und Tinka ist furchtbar erschrocken.«
»Das kenne ich gut«, sagte Dr. Yilmaz. »Ich reite auch. Darf ich deinen Fuß ein bisschen abtasten? Das wird ein wenig wehtun.«
Kim drückte Franzis Hand und ihre Freundin nickte tapfer.
Die Ärztin untersuchte Franzis Knöchel. »So wie es aussieht, hast du Glück gehabt. Der Knöchel ist zwar geschwollen, aber wahrscheinlich nur verstaucht und nicht gebrochen. Zur Si-

cherheit werde ich aber noch ein paar Röntgenaufnahmen machen.«
»Nicht gebrochen?«, rief Franzi. »Das wär zu schön!«
»Na also!«, meinte Frau Winkler. »Hab ich mir doch gleich gedacht, dass es nicht so schlimm ist.«
Dr. Yilmaz öffnete eine Durchgangstür. »Kommst du gleich mit in den Röntgenraum?«
Franzi stand auf und humpelte hinüber.
»Viel Glück!«, rief Kim ihr nach.
Franzi nickte und grinste. Jetzt sah sie schon nicht mehr so schrecklich blass aus.
Fünf Minuten später war sie bereits wieder zurück und Dr. Yilmaz brachte die Röntgenbilder. Während die Ärztin sie gegen das Licht hielt, wagte Kim kaum zu atmen.
Endlich legte Dr. Yilmaz sie zurück auf den Schreibtisch und lächelte. »Der Knöchel ist nur verstaucht.«
»Ja!«, jubelte Franzi und Kim fiel ihr um den Hals.
Frau Winkler strahlte auch. »Haben Sie etwas gegen die Schwellung? Und müssen wir sonst etwas beachten?«
Die Ärztin holte aus einem Schrank eine kleine Tube. »Diese Salbe kühlt und ist gut gegen die Schwellung. Ich mache Franzi jetzt einen Verband damit. Den sollten Sie einmal am Tag wechseln. Versuch, so wenig wie möglich aufzutreten, Franzi, und lagere den Fuß schön hoch. Dann bist du in acht bis vierzehn Tagen wieder auf den Beinen.«
»Was?«, rief Franzi. »So lange dauert das?«
Kim fehlten vor lauter Schreck die Worte.

Franzis Stimme zitterte: »Aber ich muss morgen zu einem wichtigen Treffen – von unserer Clique. Da muss ich mindestens eine Stunde stehen und laufen.«
Dr. Yilmaz runzelte die Stirn. »Du solltest dich jetzt wirklich schonen. Das Treffen würde ich an deiner Stelle lieber verschieben.«
»Das geht aber leider nicht«, mischte sich Kim ein. »Bitte, Sie müssen Franzi erlauben, dass sie uns begleitet. Sonst ... sonst ist unsere Clique in Gefahr.«
Dr. Yilmaz sah Kim verdutzt an. »In Gefahr?« Dann schmunzelte sie. »Na gut, das will ich natürlich nicht riskieren. Aber danach legst du deinen Fuß wieder schön hoch, Franzi. Versprochen?«
Franzi hob zwei Finger der linken Hand. »Versprochen!«
»Okay«, sagte Dr. Yilmaz. »Dann wünsche ich dir gute Besserung und viel Glück für morgen!«
»Danke«, sagte Franzi. »Das können wir gut brauchen.«
Kim und Frau Winkler halfen Franzi zum Auto. Als sie sicher und gut eingemummelt auf dem Rücksitz saß, schlug Kim die Autotür zu. »Bis bald, ich fahr mit dem Rad.«
Frau Winkler hielt sie am Ärmel zurück. »Muss ich mir Sorgen um euch machen?«
Kim schüttelte den Kopf. »Nein, nein! Wir haben alles im Griff.«
»Wirklich?«, fragte Frau Winkler misstrauisch.
»Ja, wirklich!«, beteuerte Kim.
Da stieg Frau Winkler endlich in den Wagen.

It's showtime!

Als die drei !!! am nächsten Tag an den Tatort fuhren – Kim und Marie mit dem Rad und Franzi in Stefans Auto –, kamen sie sich vor wie bei einem groß angelegten Polizeieinsatz. Von außen konnte man nichts erkennen, aber die Einsatzleitung wusste genau, dass das Gelände komplett abgeriegelt war, hinter jeder Ecke Polizeikräfte postiert waren und auf den Dächern zusätzliche Einsatztruppen bereitstanden.

In Wirklichkeit warteten zwar nur Kommissar Peters und Polizeimeister Conrad zur Verstärkung auf sie, aber das störte die drei !!! überhaupt nicht.

Marie war als Erste da, stellte ihr Rad ab und überprüfte schnell noch im Taschenspiegel die Umgebung hinter sich. Da brauste auch schon Stefan mit dem alten Opel an und hielt mit quietschenden Bremsen neben ihr.

Marie machte die Beifahrertür auf und half Franzi beim Aussteigen. Dabei warf sie Stefan einen strahlenden Blick zu. »Danke, dass du Franzi hergebracht hast.«

»Kein Problem«, sagte Stefan und lächelte zurück. »Ich muss-

te sowieso in die Stadt. Was habt ihr denn eigentlich vor? Franzi macht so ein großes Geheimnis daraus.«
»Ach«, sagte Marie beiläufig. »Nichts Besonderes. Heute geht das Casting weiter.«
»Und, bist du wieder dabei?«, fragte Stefan.
Marie wurde rot. »Nein, ich bin draußen. Aber eine Freundin von mir macht mit, Ramona.«
»Tut mir leid für dich«, sagte Stefan.
Marie zuckte mit den Schultern. »Tja, da kann man nichts machen.«
»Kommst du?«, fragte Franzi. »Mein Knöchel tut höllisch weh.«
»Ja, ich komm schon«, sagte Marie. »Ciao!«, sagte sie zu Stefan. »Vielleicht sieht man sich bald mal wieder.«
»Ja, klar«, sagte Stefan und stieg ein.
Lächelnd sah Marie ihm nach, wie er davonbrauste.
»Mensch, Marie!«, rief Franzi. »Wir haben jetzt keine Zeit für Romantik.«
Marie drehte sich zu ihr um. »Keine Sorge, ich hab meine Gefühle voll unter Kontrolle.«
Da kam Kim mit dem Fahrrad angesaust. »Sorry, wartet ihr schon lange? Meine Mutter hat mich abgefangen und mir jede Menge unangenehme Fragen gestellt. Sie wollte unbedingt wissen, was ich jetzt genau vorhabe.«
»Du Arme!«, sagte Marie. »So was würde mein Vater nie tun. Der vergisst sogar oft, wann ich Musical Dance und Gesangsunterricht habe.«

»Kein Wunder bei deinen vielen Stunden«, sagte Franzi.

»Hört auf!«, ging Kim dazwischen. »Jetzt müssen wir unsere Energie bündeln.« Sie hielt ihre rechte Hand in die Höhe. »Legt eure Hände darauf.«

Franzi und Marie taten es.

Dann riefen sie im Chor: »Die drei !!!.«

Kim sagte: »Eins!«, Franzi sagte: »Zwei!«, und Marie: »Drei!« Danach hoben sie gleichzeitig die Hände in die Luft und riefen zum Abschluss laut: »Power!!!«

Dann klatschten sie sich ab und betraten das Hotel. Innen war schon einiges los, obwohl das Casting erst in einer Stunde begann. Die drei !!! gingen zur Anmeldung.

»Kann ich euch helfen?«, fragte die junge Frau hinter dem Tresen.

»Ja«, sagte Marie. »Wir haben Studioplätze in der ersten Reihe, auf den Namen Grevenbroich.«

Die Frau sah in einer Liste nach. »Ach ja, da steht es.« Sie strich den Namen aus und drückte Marie drei gelbe Karten in die Hand. »Ihr könnt schon reingehen.«

»Danke«, sagte Marie.

An der Studiotür wimmelte der Bodyguard vom letzten Mal die Zuschauer ab. Aber als Marie mit den gelben Karten wedelte, gab er die Tür frei. Unter den neidischen Blicken der anderen, die noch warten mussten, betraten die drei !!! das Studio. Dort wurde gerade aufgebaut. Kameraleute rollten Kabel aus und justierten die letzten Scheinwerfer. Ein Assistent brachte Wassergläser und stellte sie auf den Tisch der Jury.

Franzi, Kim und Marie suchten ihre Plätze. In der ersten Reihe waren Zettel auf die Rückenlehnen der Stühle gepinnt. »Presse«, stand auf den meisten und ein paar Journalisten waren auch schon da. Die drei Plätze mit dem Zettel »Grevenbroich« lagen genau in der Mitte. Von dort konnte man der Jury direkt in die Augen sehen. Aufgeregt nahmen die drei !!! Platz.

»Ich komm mir vor wie eine dieser total berühmten VIPs!«, flüsterte Kim den beiden anderen zu.

»Wir *sind* VIPs«, sagte Franzi.

Marie lächelte. »Tja, und trotzdem weiß keiner, dass Kommissar Peters unsere Plätze reserviert hat. Er hat es extra über einen Freund bei der Presse laufen lassen, damit es nicht auffällt.«

Kim beobachtete, wie auf der Bühne drei Mikrofone aufgestellt wurden. »Hey, Marie, wie hast du das nur geschafft, hier aufzutreten?«

»Keine Ahnung«, sagte Marie. »Das Schlimmste waren die Minuten davor. Als ich hier reinkam, hatte ich gar keine Zeit mehr für Lampenfieber.«

»Ich sterbe vor Lampenfieber«, gestand Kim.

»Und ich könnte heulen wegen meines blöden Knöchels«, sagte Franzi, die gerade eine möglichst bequeme Position für ihr Bein suchte.

»Wir kriegen das hin!«, machte Marie ihren Freundinnen Mut.

Da ging die Tür auf und der Rest der Zuschauer strömte herein. Es war ein solches Durcheinander und so ein großer Lärm, dass die drei !!! ihr Lampenfieber für einen Moment vergaßen.

Um sich ein wenig abzulenken, machten sie ein kleines Spiel. Wer am meisten Mitschüler und Bekannte unter den Zuschauern fand, hatte gewonnen. Marie lag von Anfang an in Führung. Das halbe Heinrich-Heine-Gymnasium schien vertreten zu sein. Auf diese Weise verging die Zeit wenigstens ein bisschen schneller.

»Da ist Frau Ternieden!«, rief Kim plötzlich.

Jetzt entdeckten Franzi und Marie sie auch. Frau Ternieden schritt wie eine Königin zu ihrem Platz. Sie trug ein schmales, schwarzes Samtkleid und hatte einen knallroten Lippenstift aufgetragen. Die Nachbarn neben sich begrüßte sie gnädig von oben herab, als wären sie ihr Fußvolk.

Na warte!, dachte Franzi. Du wirst heute dein blaues Wunder erleben.

Eine Reihe vor Frau Ternieden setzte sich Frau Freiberg. Marie winkte ihr zu und Ramonas Mutter winkte zurück.

Dann kam auch schon die Jury herein. Die Zuschauer standen auf und applaudierten wie verrückt. Die drei !!! klatschten auch, beobachteten aber dabei ständig die Bühne. Michael Martens und Sue ließen sich lachend und quatschend auf ihren Stühlen nieder, während Terry betont locker die Hände in die Hosentaschen versenkte.

Marie stupste Kim an. »Ich glaub, sie ist lange nicht so cool, wie sie tut. Siehst du, wie sie schwitzt?«

Kim sah genauer hin. Tatsächlich: Auf der Stirn der Moderatorin standen kleine Schweißperlen. Kim musste grinsen. Als hätte die Maskenbildnerin Maries Worte gehört, stürzte sie auf die

Jurymitglieder zu und puderte ihnen allen noch mal die Gesichter.
Dann gab Michael Martens der Kamerafrau ein Zeichen. Die fuhr mit ihrer Kamera auf ihn zu.
»Hallo und herzlich willkommen zur zweiten Runde unseres Castings für *Afternoon*«, sagte Michael Martens.
Die Zuschauer klatschten und pfiffen. Ein paar Journalisten standen auf und knipsten drauflos.
»Danke, danke«, sagte Michael Martens, musste aber noch einige Zeit warten, bis die Zuschauer sich wieder beruhigten.
»Ich freue mich, dass wieder so viele gekommen sind. Begrüßt mit diesem Applaus bitte auch später unsere Bewerberinnen und Bewerber, die hinter der Bühne ihrem Auftritt entgegenfiebern. Dieses Mal sind es nur noch dreißig Kandidatinnen und Kandidaten, die heute alle die Chance haben, in die letzte Runde zu kommen. Zwölf werden wir in die Endrunde wählen und wir sind sehr gespannt, was uns Tolles geboten wird.«
Kim raunte ihrer Freundin zu: »Wen Terry wohl noch rausgekickt hat, der richtig gut war?!«
Franzi zuckte mit den Schultern. Michael Martens tauschte einen Blick mit Terry und Sue. Terry lächelte ihn an und Kim konnte sehen, wie übertrieben dieses Lächeln war.
»Ich will keine langen Reden halten«, sagte Michael Martens. »Lasst uns anfangen. Hier kommen die ersten vier Talente.«
Die drei !!! lehnten sich zurück. Jette und Julia würden erst in einer halben Stunde drankommen. Bis dahin mussten sie versuchen, sich mit den Gesangseinlagen der anderen abzulenken.

»Sehr schön«, sagte Sue, als die ersten vier Jugendlichen sich vor der Jury aufgestellt hatten. »Ich weiß, ihr habt wieder alle tolle Songs vorbereitet. Die hören wir uns gern ein andermal an. Aber jetzt haben wir erst mal eine Überraschung für euch. *Afternoon* hat einen neuen Song komponieren lassen, den die Band bald im Fernsehen präsentieren wird. Wir geben euch die Noten zu diesem Song und ihr habt die einmalige Gelegenheit, diesen Song als Erste zu testen. Alles klar?«

Der Junge und die drei Mädchen zuckten zusammen, doch dann nickten sie. Marie sah unauffällig zu Ramonas Mutter hinüber. Der fiel die Kinnlade hinunter. Mit diesem Teil der Show hatte sie nicht gerechnet.

Ein Assistent verteilte die Noten an die ersten vier Jugendlichen. Die Blätter raschelten, hastig überflogen alle den Text und die Melodie. Der rothaarige Junge fing leise zu summen an.

»Ruhe bitte!«, sagte Terry. »Hört auf zu summen. Jeder soll die gleiche Chance haben.«

Die drei !!! schüttelten die Köpfe. Das sagte gerade die Richtige!

»Verteilt jetzt bitte die Stimmen und findet ein gemeinsames Tempo.«

Die Jugendlichen sahen sich unsicher an und zögerten. Dann wurde der rothaarige Junge aktiv. Er checkte kurz ab, wer wie hoch singen konnte, und organisierte die Stimmen. Schließlich schnippte er mit den Fingern den Takt vor. Die vier fingen an zu singen. Es hörte sich ziemlich wackelig an. Nur der Junge war einigermaßen sicher, die Mädchen schwammen über weite Strecken.

»Danke, vielen Dank!«, sagte Terry. »Ihr habt alle euer Bestes gegeben. Nico?« Sie deutete auf den Rothaarigen. »Du hast das Zeug zum Bandleader. Das hat uns sehr beeindruckt.«
Michael Martens nickte. »Mir hat deine Entschlossenheit auch sehr gut gefallen und deine Ausstrahlung. Gratuliere, Nico!«
Der Junge riss vor Freude beide Arme hoch. Die Mädchen dagegen zogen lange Gesichter, als die Jury ihre Leistungen bewertete und sie schließlich nicht für die Endrunde auswählte.
Die drei !!! rutschten nervös auf ihren Stühlen hin und her. Wenn es bei den anderen Gruppen auch so lang dauerte, kam ihr Zeitplan total durcheinander.
Eine Vierergruppe nach der anderen trat vor und wurde bewertet. Nur ein Junge und ein Mädchen schafften es in die nächste Runde. Die meisten hatten Probleme mit dem Song und ein paar kamen mit der Stresssituation nicht zurecht.
Dominique, ein Mädchen aus Kims Klasse, kämpfte sogar mit den Tränen. »Kann ich es noch mal versuchen?«, fragte sie, als sie mitten im Song abgebrochen hatte, weil ihre Stimme versagt hatte.
Terry schüttelte den Kopf. »Tut mir leid, Dominique. Wir können weder bei dir noch bei jemand anderem eine Ausnahme machen.«
Franzi kochte innerlich vor Wut und wäre am liebsten jetzt schon auf die Bühne gestürmt. Sie musste sich schwer zusammenreißen, um Terry nicht jetzt schon auffliegen zu lassen.
Marie ging es ähnlich. Sie war heilfroh, nicht an Dominiques oder Ramonas Stelle zu sein. Die arme Ramona! Noch ahnte

sie nicht, was gleich auf sie zukommen würde. Plötzlich rannte Dominique fluchtartig aus dem Studio. Ein empörtes Raunen ging durch die Zuschauermenge.
»Die Arme!«, riefen ein paar.
Frau Ternieden drehte sich um. »Wieso? Das Showgeschäft ist eben hart!«
Klar, dachte Kim, aber nur für die anderen, die kein Geld haben und auf legalem Weg durchs Casting kommen wollen.
»Ruhe bitte!«, rief Michael Martens. »Ruhe! Danke. Ich möchte an dieser Stelle kurz unterbrechen. Wir wissen, dass die zweite Runde dieses Castings nicht leicht ist. Wir haben ganz tolle, wunderbare und mutige Talente hier auf der Bühne. Aber als Popstar steht man oft unter extremen Belastungen und Stresssituationen. Damit zurechtzukommen ist genauso wichtig, wie gut singen zu können. Wir möchten unsere Kandidatinnen und Kandidaten in einem sicheren, geschützten Rahmen so schonend wie möglich darauf vorbereiten.«
Das Publikum raunte immer noch, aber die Stimmen wurden langsam leiser. Das Casting ging weiter. Endlich waren Jette und Julia dran. Zusammen mit Ramona und Adil, einem Mitschüler von Franzi, stellten sie sich vor der Jury auf.
Die drei !!! rutschten an die vordere Kante ihrer Stühle und rissen die Augen auf. Beinahe hätten sie die Schwestern nicht wiedererkannt. Jette und Julia hatten ihr lässiges Sportoutfit zu Hause gelassen und sich in junge Rockstars verwandelt. Ihre Beine steckten in schwarzen Lederhosen, damit hatten sie grün gemusterte Armee-Tops und derbe Stiefel kombiniert. Ramona

und Adil in ihrem normalen Jeans-und-T-Shirt-Outfit wirkten dagegen wie Gäste, die zufällig auf einer Verkleidungsparty hereingeschneit waren und das Motto nicht mitbekommen hatten.
Sue erklärte wieder die Programmänderung mit dem neuen Song. Adil räusperte sich und musste husten, Ramona wurde richtig blass. Jette und Julia guckten sich gespielt bestürzt an.
»Aber das war so nicht ausgemacht!«, beschwerte sich Jette.
»Ja, genau«, sagte Julia.
Ramona und Adil brachten vor Schreck kein Wort heraus.
»Das stimmt«, sagte Sue ruhig. »Aber ihr seid nicht allein. Jeder heute in dieser Runde muss vom Blatt singen.«
Terry klatschte in die Hände. »Gut, die Noten bitte!«
Die drei !!! beobachteten jede Bewegung und jeden Mimikwechsel von Jette und Julia. Die Schwestern überflogen total hektisch ihre Notenblätter. Dann ließ Jette absichtlich ihr Blatt fallen.
»Entschuldigung«, murmelte sie.
»Kein Problem«, sagte Michael Martens.
Ramona hatte sich inzwischen wieder gefangen und sagte zu Adil: »Ich hab dich vorher singen hören, du bist ein Tenor, oder?«
Adil nickte. »Ja, stimmt.«
Da ging Jette dazwischen. »Ich kenne mich mit Stimmlagen aus, das hat mir meine Gesangslehrerin beigebracht.«
»Ich kenne mich auch damit aus«, sagte Ramona, »und ich hab angefangen.«

Die beiden standen sich wie zwei Kickboxerinnen gegenüber. Sue guckte auf die Uhr. »Einigt euch bitte schnell! Es ist besser, wenn nur eine Person die Führung übernimmt.«
Ramona ließ Jette für zwei Sekunden aus den Augen und sah unsicher zur Jury hinüber.
Das nutzte Jette natürlich sofort aus und riss die Führung an sich. »Adil, du bist also Tenor. Julia ist Mezzosopran, ich bin Sopran, und du, Ramona, bist wahrscheinlich Alt, oder?«
»Nein, Mezzosopran«, sagte Ramona.
Jette nickte. »Gut, dann singst du die dritte Stimme, Julia die zweite, Adil die vierte und ich übernehme die erste.«
Ramona nickte, aber Marie spürte, wie sie Jette am liebsten zur Rede gestellt hätte. Doch das traute sie sich vor der Jury nicht.
Jetzt wurde es ernst. Jette summte die Grundtöne, dann zählte sie ein. Ihr Sopran war glockenhell und diesmal überhaupt nicht falsch. Julia sang auch sehr sicher, nur ab und zu verpatzte sie extra einen kleinen Ton. Und Jette verschleppte manchmal absichtlich das Tempo. Beide jedoch interpretierten den Song frech und rockig, genau so, wie es Terry ihrer Mutter empfohlen hatte. Im Gegensatz zur ersten Castingsrunde tanzten sie nicht, sondern stampften mit ihren Cowboystiefeln im Takt. Das Publikum nahm den Rhythmus auf und klatschte begeistert mit.
Ramona kam zwar gut zurecht, war aber natürlich nicht so perfekt wie die Schwestern und sang den Song wie eine normale Ballade. Adil war kaum zu hören, er brummte seinen Part mehr, als dass er ihn sang.

Als die vier das Lied zu Ende gesungen hatten, war erst mal Stille im Saal. Dann fingen die Zuschauer an zu klatschen, klatschten immer lauter und lauter.

Jette und Julia verbeugten sich Hand in Hand, streckten die Hände in Siegerpose hoch und lachten. Ramona rückte von ihnen ab und verbeugte sich zusammen mit Adil.

Die drei !!! applaudierten auch, um nicht aufzufallen. Trotzdem ließen sie jetzt Terry nicht aus den Augen. Doch die hielt sich erst mal zurück.

»Fangen wir mit Ramona an«, sagte Sue. »Du hast ein sehr gutes Rhythmusgefühl und hast die Songstruktur sehr schnell erfasst.«

»Deinen Ausdruck fand ich auch schön«, sagte Michael.

»Also mir war er eine Spur zu sanft«, mischte sich Terry ein.

»Trotzdem hast du eine tolle Performance hingelegt und dich auch im Vergleich zur ersten Runde richtig gesteigert«, sagte Sue. »Glückwunsch, du bist in der Endrunde!«

»Ja!«, jubelte Ramona.

Marie klatschte noch mal extra laut für ihre Freundin. Dann konzentrierte sie sich schnell wieder auf Terry.

»Nun zu dir, Adil«, sagte Terry. »Du hast eine gute Stimme und normalerweise würden wir dir gern eine Chance geben. Aber es können nur zwölf Talente weiterkommen, und den strengen Anforderungen, die wir jetzt anlegen müssen, bist du leider nicht gewachsen.«

Adil nickte traurig und vergrub seine Hände in den Hosentaschen. Ramona murmelte ihm ein paar tröstende Worte zu.

»Jette und Julia!«, sagte Michael Martens und wandte sich mit einem breiten Grinsen an die Schwestern. »Ihr habt uns heute echt überrascht! Beim ersten Mal konntet ihr die Töne noch nicht so gut halten, aber heute ... Hut ab!«
»Das finde ich auch«, sagte Sue. »Faszinierend, wie schnell ihr den Song verstanden habt. Fast hätte ich geglaubt, ihr habt die Noten schon mal gesehen.«
»Übt ihr öfter im Gesangsunterricht, vom Blatt zu singen?«, fragte Terry schnell.
Jette und Julia nickten so eifrig wie Marionetten.
»Ja«, antwortete Jette. »Unser Musik-Coach triezt uns ganz schön.«
»Die ist richtig fies!«, sagte Julia und verdrehte die Augen.
Ein paar Zuschauer lachten.
Terry lächelte. »Am besten hat mir gefallen, dass ihr den Song nicht wie eine Ballade, sondern schön rockig gesungen habt. Darauf ist bis jetzt noch keine vor euch gekommen. Und da wird sich der Komponist freuen. Der hat sich das nämlich genau so vorgestellt.«
Jette und Julia schwebten auf Wolke sieben.
»Ihr seid bis jetzt unsere absoluten Favoriten«, rief Michael Martens. »Ihr seid weiter!«
Die drei !!! tauschten schnell einen Blick. Dann sprangen sie wie auf Kommando von ihren Stühlen hoch. Marie und Kim rannten auf die Bühne. Franzi humpelte, so schnell sie konnte, hinter ihnen her.
»Stopp!«, rief Marie. »Wartet!«

Terry fielen fast die Augen aus dem Kopf. »Was fällt euch ein?«
Jetzt erkannte Michael Martens Marie und sprang wütend auf.
»Ihr könnt hier nicht einfach mitten ins Casting platzen!«
Die Zuschauer fingen wieder an zu raunen. Sofort fuhren die Kameras auf die drei !!! zu und fokussierten sie. Etliche Journalisten sprangen auf und schossen Fotos.
»Doch, das können wir«, sagte Kim und sah geradeaus direkt in die Kameras. »Dieses Casting wurde nämlich manipuliert.«
Jette und Julia warfen verzweifelte Blicke zu Terry hinüber, aber die tat so, als würde sie es nicht bemerken.
»Was soll das heißen?«, fragte Sue.
Franzi fuhr fort: »Es gibt hier jemanden im Zuschauerraum, der die Jury bestochen hat. Genauer gesagt, ein Mitglied der Jury bestochen hat.«
Die Zuschauer wurden lauter.
»Wer?«, riefen ein paar.
»Was erzählt dieses Mädchen da?«, fragte ein anderer.
Kim holte tief Luft: »Frau Ternieden, die Mutter von Jette und Julia, hat ein Mitglied der Jury mit Geld bestochen, damit ihre Töchter das Casting gewinnen.«
Mit hochrotem Kopf fuhr Frau Ternieden in die Höhe. »Das ist eine üble Unterstellung! Das habt ihr euch doch ausgedacht, bloß damit ihr einmal im Rampenlicht steht.«
Terry winkte den Assistenten zu. »Schnell, entfernt diese Mädchen von der Bühne!«
Doch die hörten sie gar nicht, weil sie gebannt die drei !!! anstarrten.

Da stand Michael Martens auf. »Das ist wirklich eine ungeheuerliche Behauptung, die ihr da aufstellt. Das hier ist ein faires Casting, bei uns geht es vollkommen korrekt zu. Bestechung und Betrug sind absolut tabu. Ich habe mich noch nie in meinem Leben bestechen lassen, das schwöre ich!«

»Ich auch nicht!«, versicherte Sue.

Marie trat einen Schritt vor die Jury. »Das wissen wir. Das Jurymitglied, von dem wir reden, ist auch keiner von Ihnen beiden.« Langsam ging sie auf Terry zu und richtete den Zeigefinger auf die Moderatorin. »*Sie* hat sich bestechen lassen!«

Terry fing wieder an zu schwitzen und lachte höhnisch auf. »Das könnt ihr nie im Leben beweisen!«

»Doch«, sagte Kim. »Das können wir. Wir haben Ihr Gespräch mit Frau Ternieden im *Café Lomo* mit der Handykamera gefilmt und Beweisfotos von der Geldübergabe gemacht.«

»Du lügst!«, behauptete Terry. »Die Beweise will ich sehen.«

»Nichts lieber als das«, sagte Franzi. »Im Präsidium werden Sie alle Beweise sehen. Und zwar früher, als Sie glauben.«

Sofort flog eine Tür des Studios auf. Kommissar Peters und Polizeimeister Conrad stürmten in den Saal. Terry drehte sich blitzschnell um und flüchtete zum Hinterausgang.

Kommissar Peters lief ihr hinterher. »Halt, bleiben Sie sofort stehen!«

Terry rannte einfach weiter. Doch Kommissar Peters erwischte sie am Arm und hielt sie zurück. »Terry Barnhelm, ich nehme Sie vorläufig fest wegen dringenden Verdachts auf Betrug und Bestechlichkeit.«

Polizeimeister Conrad kam dazu und legte Terry klirrend die Handschellen um.
»Ich will sofort meinen Anwalt sprechen!«, rief Terry.
»Ja, ja«, sagte Polizeimeister Conrad. »Das werden Sie schon noch, aber erst kommen Sie mit zu uns auf die Wache.«
Terry sah den Polizeimeister verächtlich an.
Plötzlich zeigte Franzi in den Zuschauerraum. »Kim, Marie, schnell! Frau Ternieden will auch fliehen!«
Kim und Marie reagierten sofort und rannten los. Frau Ternieden war trotz ihres eng anliegenden Samtkleids erstaunlich schnell. Sie quetschte sich an ihren Nachbarn vorbei und setzte dabei rücksichtslos ihre Ellenbogen ein. Auch Ramonas Mutter, die sie aufhalten wollte, schob sie einfach zur Seite. Panisch versuchte Frau Ternieden, zum nächsten Ausgang zu gelangen.
»Mama!«, riefen Jette und Julia hilflos.
»Kommt schon!«, rief Frau Ternieden zurück. »Kommt zu mir!«
Marie und Kim kämpften sich inzwischen zu Frau Ternieden durch und verstellten ihr den Weg.
»Hier geht es nicht weiter«, sagte Marie.
»Das hat doch keinen Sinn«, redete Kim auf die flüchtende Mutter ein.
Keuchend kam Franzi angehumpelt. »Geben Sie auf!«
»Nein!«, schrie Frau Ternieden.
Kommissar Peters drängte sich vor und legte Frau Ternieden seine Hand auf die Schulter. »Sie sind vorläufig festgenommen wegen dringenden Verdachts auf Betrug und Bestechung.«

Er legte Frau Ternieden die Handschellen an.
»Nein, nicht!«, rief sie, aber ihre Stimme zitterte und sie wehrte sich nicht länger.
Kommissar Peters drehte sich zu den drei !!! um. »Vielen Dank! Ihr habt sehr schnell reagiert.«
»Kein Problem«, sagte Marie.
Franzi zeigte auf ihre Freundinnen. »Ja, die beiden waren toll! Ich konnte leider nicht mithalten wegen meines Knöchels.«
Kommissar Peters nickte mitfühlend. Er wusste bereits, dass Franzi sich verletzt hatte.
»Und jetzt kommen wir wieder zu Ihnen«, sagte er zu Frau Ternieden. »Hier geht's lang. Folgen Sie mir bitte.«
»Machen Sie Platz!«, rief er den aufgeregten Zuschauern zu.
Ein paar besonders Neugierige wollten nicht ausweichen.
»Wenn Sie nicht sofort Platz machen«, rief Kommissar Peters, »lasse ich Sie wegen Behinderung der Polizei in Gewahrsam nehmen!«
Das wirkte endlich. Trotzdem prasselten von überallher Fragen auf die Polizisten ein:
»Was geht hier eigentlich vor?«
»Ist das ganze Casting ein Betrug?«
»Was ist jetzt mit meiner Tochter?«
»Und was ist mit meinem Sohn?«
Kommissar Peters drehte sich noch einmal um und sah in die Runde. Erschrocken verstummten die meisten Zuschauer.
»Die heutige Castingveranstaltung wird abgebrochen und das komplette Casting bis auf Weiteres eingestellt«, verkündete er.

Michael und Sue, die bisher dem Ganzen ungläubig zugesehen hatten, liefen nun auf den Kommissar zu.
»Halt!«, rief Michael Martens. »Das geht nicht.«
»Das können Sie nicht machen!«, rief Sue. »Das ist ein Skandal für *Afternoon*. Sie ruinieren uns!«
Kommissar Peters schüttelte ungerührt den Kopf. »Das hätten Sie sich vorher bei der Auswahl der Jurymitglieder überlegen müssen.«
Michael Martens raufte sich die Haare. »Was soll ich denn jetzt den Bewerberinnen und Bewerbern sagen, die heute extra hierhergekommen sind? Ich kann sie doch nicht einfach heimschicken.«
»Das werden Sie aber müssen«, sagte Kommissar Peters.
»Ich fass es nicht«, rief Michael Martens, »ich fass es nicht ...!«
Sue hatte sich schneller wieder im Griff. Sie lief zu einem der Mikrofone und wandte sich an die Zuschauer: »Entschuldigen Sie bitte! Es tut uns sehr leid, dass das passieren konnte. Wir werden Sie selbstverständlich informieren, wann es mit dem Casting weitergeht. Bitte verlassen Sie jetzt alle den Saal.«
Buhrufe und Pfiffe kamen als Antwort zurück, andere Zuschauer klatschten laut. Dann setzten sich die ersten Zuschauer in Bewegung.
Die drei !!! folgten Kommissar Peters. Der führte Frau Ternieden hinüber zu Terry, die immer noch neben Polizeimeister Conrad stand und inzwischen völlig aufgelöst war. Als sie die drei !!! sah, starrte sie sie mit hasserfüllten Augen an.
»Das werdet ihr noch bereuen!«, zischte sie ihnen zu.

Marie schüttelte den Kopf. »Irrtum, Sie werden es noch bereuen, wenn Sie vor Gericht stehen.«

Plötzlich stöhnte Frau Ternieden auf, sank in den Knien ein und klappte zusammen.

»Sie ist ohnmächtig geworden!«, sagte Julia bestürzt.

Jette wiederholte immer wieder: »Lasst mich zu meiner Mutter durch! Lasst mich durch!«

Kommissar Peters rief laut: »Ist irgendwo ein Arzt?«

»Hier!«, meldete sich eine Frau.

Polizeimeister Conrad hob die Hand. »Bitte alle Platz machen, damit die Ärztin sich um die Patientin kümmern kann!«

Kurz darauf war die Ärztin bei Frau Ternieden, beugte sich über sie und fühlte den Puls. Dann machte sie einen kleinen Check-up.

»Es geht ihr gut«, sagte sie schließlich. »Sie wird bald wieder zu sich kommen. Das war vermutlich nur die ganze Aufregung.« Die Ärztin klopfte Frau Terniedens Wangen. »Hallo, können Sie mich hören?«

Langsam schlug Frau Ternieden die Augen auf. »Wo ... wo bin ich?«

»Im Castingstudio«, sagte die Ärztin.

»Aber nicht mehr lange«, murmelte Marie.

Da drängte sich Ramona zu den drei !!! durch. Bewundernd sah sie die Mädchen an. »Sagt mal, macht ihr so was öfters?«

»Nö«, behauptete Marie und zwinkerte Franzi und Kim zu.

»Ihr wart großartig! Wie habt ihr das bloß alles herausgefunden? Ich kann es immer noch nicht glauben, dass ausgerechnet

Terry … und die Mutter von Jette und Julia. Das ist so was von unfair den anderen gegenüber! Jetzt erzählt schon: Wie seid ihr an die Beweise gekommen?«
Kim und Franzi guckten Marie warnend an.
»Sorry«, sagte Marie. »Das bleibt unser Geheimnis!«

Wirbel um die drei !!!

»Herzlich willkommen zur Sondersitzung im Hauptquartier!«, rief Franzi. Drei Tage später stand sie am Eingang des Pferdeschuppens und begrüßte Kim und Marie.

»Hallo, Franzi!«, sagte Kim. »Wie geht es deinem Knöchel?«

»Jeden Tag etwas besser«, antwortete Franzi.

Lachend kamen Kim und Marie herein. Marie mit einer Schachtel unter dem Arm. Sorgfältig sperrte Franzi hinter ihnen ab. Marie und Kim warfen ihre Winterjacken ab und wärmten fröstelnd ihre Hände an dem kleinen Bollerofen, den Herr Winkler ihnen zur Verfügung gestellt hatte.

Kim ließ sich auf einen Stuhl fallen. »Endlich allein!«

»Wieso endlich?«, fragte Marie. »Ich fand den Wirbel toll.«

»Ja, klar«, sagte Franzi, während sie ihr Bein auf einem Hocker ablegte. »Du stehst ja auch gerne auf der Bühne und liebst das Scheinwerferlicht.«

»Lasst uns lieber feiern statt diskutieren!«, sagte Kim und öffnete ihren Rucksack. »Seht mal, was ich alles dabeihabe: Dominosteine, Lebkuchen, Äpfel und Mandarinen.«

»Hm!«, machte Franzi und schnappte sich sofort einen Apfel. »Holst du mal den Tee rüber, Marie? Auf dem Bürocontainer steht eine Thermoskanne.«

Marie stand auf, brachte die Kanne und schenkte duftenden Kaminfeuertee in die Tassen ein. Mittlerweile hatten sie sich richtig schön eingerichtet in ihrem Hauptquartier. Ein Regal war dazugekommen – Marie hatte es spendiert, nachdem ihr Vater ihr ein neues geschenkt hatte – und Franzis Mutter hatte ihnen ein paar Gläser, Besteck und Teller gegeben, damit sie im Schuppen essen und trinken konnten.

Die drei !!! schlürften den heißen Tee und aßen dazu das Obst und die Süßigkeiten. Es war wundervoll warm und gemütlich.

»Hast du es schon in den Online-Stadtnachrichten gelesen?«, fragte Franzi.

Kim nickte. »Ich hab mir den Artikel sofort ausgedruckt.«

»Ich auch«, sagte Franzi.

»Und ich hab ihn mindestens fünfmal gelesen«, gestand Marie, »aber ich kann ihn immer noch nicht auswendig. Los, lies schon vor!«

Kim zog die Kopie aus ihrem Rucksack und holte tief Luft:

Spektakulärer Betrug bei Casting-Show

Am Freitag gelang es der Polizei dank der tatkräftigen Unterstützung von drei cleveren Detektivinnen, einen außergewöhnlichen Betrugsfall aufzuklären. Es wurden zwei Personen festgenommen, die nun in Untersuchungshaft sitzen: Helga T. und Terry B., ein Mitglied der Casting-Jury.

Helga T. hatte in mehreren Raten Bestechungsgelder an Frau B. gezahlt und als Gegenleistung die Zusicherung erhalten, dass ihre beiden Töchter beim Auswahlverfahren für eine Band, die im Jugendsender *Afternoon* auftreten soll, vorgezogen werden. Frau T. erhielt außerdem geheime Informationen zum Ablauf der einzelnen Castingrunden, die ihren Töchtern einen eindeutigen Vorteil gegenüber den anderen Bewerberinnen und Bewerbern verschafften. Als Motiv gibt Frau T. an, sie habe »nur das Beste für ihre Töchter gewollt« und ihnen den Start in die Popstar-Karriere erleichtern wollen.

Dass der Ehrgeiz mancher Eltern mittlerweile solche Ausmaße annimmt, ist ein erschreckendes Zeichen des Starfiebers unter Jugendlichen, das unsere Gesellschaft mehr als nachdenklich stimmen und zum Handeln animieren sollte.

Terry B. ist kein unbeschriebenes Blatt bei der Polizei. Ihr richtiger Name lautet Bettina Z. Bei Castings in Großbritannien hat sie bereits mehrfach Bestechungsgelder angenommen und ist zudem in Deutschland unter falschem Namen in kriminelle Musikgeschäfte verwickelt, die die Polizei gerade noch aufklärt. Die seit 16 Monaten laufende Fahndung nach ihr konnte so zu einem erfolgreichen Abschluss gebracht werden. Für Hinweise, die zu ihrer Ergreifung führen, war von der Polizei eine Belohnung ausgeschrieben worden, die nun die mutigen Mädchen erhalten haben. Gemeinsam hatten sie der Polizei entscheidendes Beweismaterial geliefert, das die sofortige Festnahme der beiden Täterinnen ermöglichte.

Michael M. und Sue M., die beiden anderen Jurymitglieder, hat die Polizei ebenfalls vernommen und für unschuldig befunden. Beide haben mit den Bestechungsvorfällen nichts zu tun und wussten auch nichts davon. Das Casting wird nächste Woche fortgesetzt, allerdings mit einem neuen Jurymitglied: Statt »Terry B.« wird Maike W. einspringen, die sich durch ihre kritische Berichterstattung in verschiedenen Jugendmagazinen einen Namen gemacht hat.

Ein besonderer Dank der Polizei geht noch einmal an die drei jungen Detektivinnen. Ihr mutiger Einsatz ist ein Vorbild für alle Bürgerinnen und Bürger dieser Stadt.

Franzi kicherte. »An so viel Lob könnte ich mich glatt gewöhnen!«
»Ich mich auch«, sagte Marie. »Lieber ein Kompliment zu viel als zu wenig.«
Kim faltete die Zeitung wieder zusammen. »Michi hat auch einen super Job gemacht. Er hat uns so toll geholfen.«
»Stimmt«, sagte Franzi. »Wir haben uns ja schon bei ihm bedankt.«
Kim lächelte. Gestern hatte sie mit Michi telefoniert und sich unglaublich über das schöne Gespräch mit ihm gefreut.
Marie schenkte sich noch eine Tasse Tee ein. »Und Kommissar Peters hat tatsächlich Wort gehalten. Da steht nichts über unseren Detektivclub in dem Artikel.«
»Das ist auch gut so«, sagte Franzi. »Jetzt kennen uns eh schon viel zu viele Menschen. In der Pause sprechen mich dauernd Leute an und fragen mir Löcher in den Bauch. Wenn die wüssten, dass wir richtige Detektivinnen sind, könnten wir in Zukunft überhaupt nicht mehr ungestört ermitteln.«
»Bringen sie die Geschichte eigentlich auch im Fernsehen?«, fragte Marie.
Kim schüttelte den Kopf. »Nein, das hat Kommissar Peters verhindert. Die Aufnahmen der Kameraleute braucht die Polizei jetzt als Beweismaterial.«
»Schade«, meinte Marie. »Dabei hab ich extra öfter in die Kameras gelächelt.«
Franzi knuffte Marie in die Seite. »Ich hab dein Lächeln auch gesehen. Es war wirklich sehr überzeugend!«

»Keine Sorge«, meinte Kim. »Auch wenn unser Fall nicht ins Fernsehen kommt, verloren geht er garantiert nicht. Ich hab gestern nämlich wieder an meinem Krimi weitergeschrieben. Und da sind Ähnlichkeiten mit lebenden Personen rein zufällig!«

Franzi sah Kim bewundernd an. »Gibst du uns mal was zu lesen?«

»Ich bin auch schon total gespannt«, sagte Marie.

Kim zögerte. »Hm, vielleicht, mal sehen ... Ich muss den Text erst noch überarbeiten.« Dann wechselte sie schnell das Thema. »Marie, was ist denn eigentlich in der Schachtel, die du mitgebracht hast?«

Marie lächelte geheimnisvoll. »Ein Gegenstand, den die drei !!! dringend brauchen.«

»Hast du es etwa schon gekauft?«, fragte Kim aufgeregt.

»Klar«, sagte Marie. »Sofort nachdem du mir einen Teil der Belohnung dafür gegeben und mir genau erklärt hast, was ich kaufen muss.«

»Der Rest ist sicher verwahrt«, sagte Kim. Sie konnte es immer noch nicht glauben, dass sie fünfhundert Euro Belohnung von der Polizei bekommen hatten.

Marie öffnete die Schachtel, die sie mitgebracht hatte. Unter einem Haufen Papierschnipseln kam ein glänzendes schwarzes Gerät zum Vorschein. »Da ist es: ein professionelles Aufnahmegerät mit Richtmikrofon.«

»Wow!«, rief Franzi. »Das sieht ja stark aus.«

Kim nahm das Gerät vorsichtig in die Hand. »Super Reichweite, klarer Empfang und minimales Rauschen und dabei extrem leicht und klein!«

»Das wird uns sicher noch tolle Dienste leisten«, sagte Marie, »spätestens bei unserem nächsten Fall.«

Franzi nickte. »Da freu ich mich jetzt schon drauf. Und auf die Fortsetzung des Castings auch. Wir werden deine größten Fans sein und dir zujubeln.«

Marie legte die Schachtel weg und schwieg.

»Was ist denn?«, fragte Kim. »Du machst doch wieder mit, oder?«

»Nein, ich glaub nicht«, sagte Marie. »Den ganzen Stress ist es mir nicht wert. Ich hab mit Ramona gesprochen, der geht es ähnlich wie mir. Ich finde, man zahlt echt einen hohen Preis dafür, nur um vielleicht irgendwann für drei Minuten in einer Band im Fernsehen aufzutreten.«

Franzi nickte. »Das kann ich gut nachvollziehen. Für mich wäre das sowieso nichts.«

»Und wie hat Ramona sich jetzt entschieden?«, fragte Kim gespannt.

Marie seufzte. »Ihre Mutter hat sie total unter Druck gesetzt, seit Jahren schon, und dann kam auch noch die Aufregung beim Casting dazu. Ramona braucht dringend eine Auszeit. Das hat sie ihrer Mutter auch ganz klar gesagt. Die war zwar nicht begeistert, aber sie hat es schließlich akzeptiert. Na ja, und was mich betrifft: Natürlich werde ich weiter singen und vielleicht später mal Schauspielerin oder Sängerin werden, aber das hat noch Zeit. Im Moment sind mir andere Dinge wichtiger. Außerdem muss man im Leben Prioritäten setzen. Und die drei !!! sind mir nun mal tausendmal wichtiger als alles andere.«

Franzi und Kim sahen sich verblüfft an.

Dann lächelte Franzi. »Ich kann dir gar nicht sagen, wie sehr mich das freut, Marie. Darauf müssen wir anstoßen.«

Kim, Franzi und Marie griffen nach ihren Teetassen.

»Auf die Freundschaft und auf die drei !!!«, sagte Kim.

Henriette Wich hat schon als Kind gerne gesungen: mit ihren sechs Geschwistern, im Chor und mit Freunden. Auch in ihren Büchern kommen immer wieder Songs vor, wie in »Betrug beim Casting«. Ein ganz klarer Fall für die erfolgreiche Krimiautorin: Singen, lesen und schreiben macht glücklich!

Leseprobe

Mira Sol:
Legende der Einhörner

Kim sprang ein. »Guten Tag! Wir sind vom Schülerjournal und machen eine Reportage über alte Bibliotheken.«
Der Professor runzelte die Stirn. »Das ist sicher eine gute Sache. Aber mir wäre es sehr lieb, wenn ich unterrichtet werde, bevor fremde Personen in diesen sensiblen Bereich gelangen.«
Meri schluckte. »Ja, sicher. Daran haben wir nicht gedacht.«
»Nun gut.« Der Professor lief zu einem der Arbeitstische an der Wand und sah sich suchend um. »Ich habe mein Handy hier vergessen«, murmelte er.
Er sah auf seine Armbanduhr. »Es ist schon nach sechs. Meine Damen, wollen Sie nicht für heute Schluss machen? Das Wochenende ruft.« Sophie wies mit dem Kinn zum Kopiergerät. »Wir wollten noch ein Kapitel einscannen.«
Der Professor nickte. »Wenn Sie meinen. Aber dann darf ich die drei jungen Damen bitten, mit mir zu gehen. Habt bitte Verständnis, aber aus versicherungstechnischen Gründen kann ich es nicht verantworten, dass ihr mit zwei studentischen Aushilfskräften hier alleine seid.«
Marie setzte ein gewinnendes Lächeln auf. »Wir bräuchten nur noch ein paar Minuten.«

Professor Gercke schüttelte den Kopf. »Nicht ohne meine Anwesenheit. Ihr könnt gerne nächste Woche kommen, wenn ich da bin.«
Marie runzelte die Stirn und setzte zum Sprechen an. Sophie kam ihr zuvor. »Lasst uns telefonieren und einen Termin ausmachen, okay?«
Die drei !!! tauschten einen kurzen Blick. Es war offensichtlich, dass die Studentinnen keinen Ärger mit ihrem Professor haben wollten.
Franzi nahm ihre Jacke und ihren Rucksack. »Alles klar. Kommt, wir gehen.«
Kim und Marie schnappten sich ebenfalls ihre Sachen und verabschiedeten sich von den Studentinnen.
»Ich ruf dich an«, sagte Meri zu Franzi und klopfte ihr auf die Schulter. »Tut mir leid, dass das jetzt so gelaufen ist.«
Franzi schüttelte den Kopf. »Das ist kein Problem. Bis bald!«
»Nichts für ungut«, sagte Professor Gercke, nachdem die schwere Schlosstür hinter ihnen zugeschlagen war. »Ich finde es wirklich sehr schön, dass ihr euch für Bibliotheken interessiert. Aber die Bestimmungen der Versicherungen sind streng. Ich möchte meinen Ruf nicht aufs Spiel setzen.«
Die drei Freundinnen liefen mit dem Professor bis zum Ende der Steinbrücke. Dort verabschiedete sich der Mann von ihnen und nahm mit schnellen Schritten den Weg zum Westtor.
Franzi zwinkerte. »Sollen wir noch mal zurück ins Schloss?«
»Lieber nicht«, meinte Kim. »Ich will nicht, dass Meri und Sophie wegen uns Ärger kriegen.«

Marie tippte auf ihre Armbanduhr. »Außerdem haben wir gar nicht mehr so viel Zeit. Lasst uns zu mir nach Hause gehen.«

»Na gut«, antwortete Franzi sofort. »Ich freue mich schon total auf den Babysitterabend. Dein kleiner Bruder ist so süß.«

Marie nickte. »Das ist er wirklich. Aber ich warne euch: Finn wird versuchen, uns um den Finger zu wickeln, um ewig wach bleiben zu dürfen.«

»Das macht doch nichts«, meinte Kim. »Dann schlagen wir uns eben die Nacht um die Ohren. Morgen können wir schließlich ausschlafen.«

Die Mädchen liefen durch die einsetzende Dämmerung in Richtung Osttor.

Franzi seufzte. »Schade, dass wir nur so ein kurzes Stück von den Geheimgängen sehen konnten.«

Kim seufzte ebenfalls. »Ehrlich gesagt, finde ich das gar nicht so schlimm. Diese Gänge sind schon verdammt eng.« Sie rückte ihre Tasche zurecht. »Aber die Geschichte mit der Wunderkammer fand ich spannend. Ich würde gerne mal einen Blick in dieses Tagebuch werfen.«

»Hoffentlich meldet sich Meri bald«, stimmte Franzi zu. »Vielleicht ist es ja tatsächlich in einer der Kisten, die an den Restaurator geschickt wurden.«

»Wittert ihr etwa einen neuen Fall?« Marie grinste und flötete: »Die drei !!! auf der Suche nach der geheimen Wunderkammer. Warum nicht?!«

Kim zuckte mit den Schultern. »Mach dich nur lustig. Ich find's spannend.«

Sie bogen in die Allee ein, die ins Ostviertel führte, in dem Marie wohnte.
Plötzlich blieb Marie stehen und sah durch die schmiedeeisernen Stäbe des Zauns, der das Grundstück der Villa neben ihr umgab. »Was war das?« Sie deutete in den hinteren Gartenbereich, in dem sich die schwarzen Silhouetten von mehreren mächtigen Tannen erhoben. »Da hat was geleuchtet.«
Franzi reckte den Hals. »Ich sehe nichts.«
»Doch«, beharrte Marie. »Da war ein blaues Leuchten.«
Franzi kniff die Augen zusammen. »Vielleicht ein Wetterleuchten? Es fängt bestimmt gleich an zu regnen.«
»Ich weiß nicht«, sagte Marie zögernd.
Im nächsten Moment riss Franzi die Augen auf. Ein blaues Schimmern war zwischen den Tannen aufgetaucht. Es nahm an Stärke zu, schien auf und ab zu schweben und zitterte unruhig.
Und dann blieb Franzi der Mund offen stehen. Im Zentrum des blauen Leuchtens tauchte eine kleine weiße Gestalt auf: ein steigendes Pferd, dessen lange Mähne wild im Wind flatterte. Franzi schluckte. Mitten auf der Stirn des Tieres prangte ein langes, silbern glänzendes Horn.
Mit einem Schlag erlosch das Licht und die Gestalt wurde von der Dunkelheit verschluckt.
Franzi schüttelte den Kopf. »Leute, ich hab Halluzinationen«, presste sie hervor.
Marie fasste sie am Arm. »Hast du etwa auch ein ...«
»... Einhorn gesehen?«, ergänzte Kim.

Marie lachte ungläubig. »Das kann ja wohl nicht wahr sein.« In der nächsten Sekunde hörten sie einen schrillen Schrei.

Die drei !!!

Hilf Kim, Franzi und Marie und öffne die geheimen Seiten

192 Seiten, ca. €/D 13,–
ISBN 978-3-440-16807-3

192 Seiten, ca. €/D 14,–
ISBN 978-3-440-17345-9

192 Seiten, ca. €/D 13,–
ISBN 978-3-440-16984-1

Kim, Franzi und Marie sind „Die drei !!!“. Mutig und clever ermitteln die drei Detektivinnen und sind jedem Fall gewachsen – doch diesmal brauchen sie deine Hilfe! In diesen Büchern gibt es geheimnisvolle verschlossene Seiten, die bei der Lösung des Falls helfen. Viel Spaß beim Knobeln und Ermitteln!

diedreiausrufezeichen.de

Kim, Franzi und Marie lösen jeden Fall!

- ☐ Die Handy-Falle
- ☐ Betrug beim Casting
- ☐ Gefährlicher Chat
- ☐ Gefahr im Reitstall
- ☐ Nixensommer
- ☐ Das rote Phantom
- ☐ Wildpferd in Gefahr
- ☐ Tatort Kreuzfahrt
- ☐ Das geheime Parfüm
- ☐ Der Fall Dornröschen
- ☐ Der Graffiti-Code
- ☐ Heuler in Not
- ☐ Tatort Geisterbahn
- ☐ Gefahr im Netz
- ☐ Nacht der Wölfe
- ☐ Gefährliches Spiel
- ☐ Gefahr in den Ruinen
- ☐ Kuss der Meerjungfrau
- ☐ Legende der Einhörner
- ☐ Rätsel der Vergangenheit
- ☐ Tatort Hollywood
- ☐ #Falscher Ruhm
- ☐ Achtung, Gaunerzeichen!
- ☐ Das Bienengeheimnis
- ☐ Vier Pfoten in Gefahr
- ☐ Ein echt schöner Fall
- ☐ Geheimnis im Spukhotel
- ☐ Das Konfetti-Komplott
- ☐ Voller Einsatz für die Erde
- ☐ Luftballon-Küsse
- ☐ Ein Fall mit Herz und Huf
- ☐ Rätselhafter Raub
- ☐ Geheimnisvoller Liebestrank
- ☐ Die Krimi-Verschwörung
- ☐ Der Fluch der Fee
- ☐ Mission Gipfelglück
- ☐ Geburtstagsdiebe
- ☐ Geheimnis am Fluss
- ☐ Abenteuer-Küsse
- ☐ Unheimliches Meeresleuchten
- ☐ Falle im alten Kino
- ☐ Abenteuer Afrika
- ☐ Rätsel der alten Eiche
- ☐ Influencerin in Not
- ☐ Spuk auf dem Campingplatz
- ☐ Detektivinnen in Gefahr
- ☐ Alpaka-Alarm
- ☐ Tatort Tierarztpraxis
- ☐ Sushi-Sabotage
- ☐ Gefahr im Smart Home
- ☐ Superheldin in Gefahr
- ☐ Abenteuer Australien
- ☐ Einsatz im Kletterwald
- ☐ Verrat im Internat
- ☐ Tatort Blumenfarm
- ☐ Theater der Vampire

diedreiausrufezeichen.de

Weitere Bände der Reihe sind als E-Book erhältlich.